KB065531

나의 일상에
너의 일상을
더해+

나의 일상에
너의 일상을
더해+

초판 1쇄 발행 2015년 9월 7일

지은이 성수선

펴낸이 손은주 **편집주간** 이선화 **마케팅** 권순민
경영자문 권미숙 **디자인** Erin **일러스트** 염예슬

주소 서울시 마포구 공덕동 105-74 서부법조빌딩 6층
문의전화 070-8835-1021(편집) **주문전화** 02-394-1027(마케팅)
팩스 02-394-1023
이메일 bookaltus@hanmail.net

발행처 (주) 도서출판 알투스
출판신고 2011년 10월 19일 제25100-2011-300호

ISBN 979-11-86116-06-7 03810

이 도서의 국립중앙도서관 출판시 도서목록(CIP)은 서지정보유통지원시스템 홈페이지(http://seoji.nl.go.kr)와 국가자료공동목록시스템(http://www.nl.go.kr/kolisnet)에서 이용하실 수 있습니다.(CIP제어번호: CIP2015021949)

나의 일상에 너의 일상을 더해+

성수선 에세이

알투스

모두가 지치고 힘든 시대지만
우리는 아직 따뜻하다

혹시나 다른 사람을 따뜻하게 바라볼
마음의 여유가 없다면

이 글을 통해 자신의 일상에 타인의 일상을 보태어
바라볼 수 있는 눈을 가질 수 있기를……

프롤로그

우리의 삶은 모든 순간이 귀하다
그리고 그 모든 순간들의 집합이 일상이다

나는 아침마다 힐을 신은 채로 계단을 껑충껑충 뛰어서 슬라이딩하듯 출근버스에 몸을 싣는 회사원이다. 동시에 나는 어디에 가나 수첩에, 핸드폰에, 노트북에 뭔가를 바지런히 쓰고 기록하는 글쟁이다. 택시에서, 음식점에서, 술집에서 내 주위 사람들은 나를 가리키며 이렇게 말하곤 한다. 때론 장난스럽게, 때론 자랑스럽게.

"작가예요!"

그러면 곧 이런 질문이 돌아온다.

"어머, 작가세요? 어떤 글을 쓰시는데요?"

어떤 글을 쓰냐면…… 나는 '일상'에 대해 쓴다. 즉, 나와 당신과

우리가 만드는 세상의 매일매일에 대하여. 스펙터클하고 한 편의 대서사시 같은 거창한 얘기는 없다. 하지만 〈나의 일상〉이라는 드라마에 출연해준 많은 사람들의 웃음과 한숨, 땀과 눈물, 기쁨과 고통, 다정함과 외로움, 눈썹 근육과 영혼의 미세한 떨림, 위로와 상처, 삶의 희망과 균열, 자존감과 죄책감에 대하여 내 몸의 모든 촉수를 일으켜 보듬으며 한 글자 한 글자 썼다.
대단한 사람들의 이야기가 아니다. 내 부모와 친구들, 자주 가는 술집 주인, 택시 기사, 세탁소 주인 부부, 마트 계산원, 횟집 아줌마, 진상 고객에게 당하는 은행원, 장미 파는 할머니…… 그들의 소소하지만 귀한 이야기.

우리의 삶은 모든 순간순간이 귀하다.
이것을 알리는 것이 바로 작가가 해야 할 일이다.

내 책상에는 이런 글귀가 붙어 있다. 나탈리 골드버그의 『뼛속까지 내려가서 써라』에서 처음 읽은 후 매일 아침 물을 마시듯 마음에 되새기는 문장이다.
우리 삶은 모든 순간이 귀하다. 그리고 그 모든 순간들의 집합이 '일상'이다. 하지만 애정 어린 시선으로 관찰하고 기록하고 표현하지 않으면 일상은 손가락 사이로 빠져나가는 물처럼 허무하게 사라진다. 정신없이 바쁘고 힘든 날들을 보냈는데, 막상 뒤돌아 보면 뭘 했는지 도무지 기억이 나지 않는 흩어진 시간들.
나는 누구에게나 주어진 일상의 우물에서 의미를 길어올리는 '일상의 비의'에 대해 쓰는 사람이고 싶다. 누군가 읽으면서 "그래, 그래, 이거였어!" 무릎을 탁 칠 수 있는. 피곤할 때 초콜릿 껍질을 까며 위로를 받듯, 인생이 허하게 느껴질 때 읽으면 미소가 지어지는 그런 글을 쓰는 사람. 1~2주의 여행을 기대하며 11개월 넘는 시간을 버티는 대신, 하루하루를 작은 여행기로 기록하는 사람. 퍼즐 맞추기를 하듯 당신과 나의 일상에서 눈에 보이지 않았던 가치를 찾아보자고 은근하게 유혹하는 사람.

새로운 연애를 시작한 친구가 솟구치는 기쁨에 들떠 있을 때, 허름한 감자탕집에서 누군가 엎드려 울고 있을 때, 자기가 생각해도 정말 멋진 말을 했을 때, 끝없이 쏟아지던 비가 그치고 거짓말처럼 무지개가 떴을 때…… 내 주위 사람들은 이렇게 말하곤 한다.
"또 한 꼭지 나오겠네!"
그 사건이나 에피소드가 나로 인해 글로 기록될 것이라는, 사라지고 마는 순간이 아닌 의미를 가진 무엇인가가 될 거라는 기대 또는 믿음. 간혹 글의 소재가 될 만한 흥미로운 신문 기사를 스크

랩해주거나 메일로 보내주는 사람들도 있다. 회사생활을 하며 계속 글을 쓸 수 있었던 건 모두 그 고마운 사람들의 기대와 응원 덕분이다.

가족들과 친구들, 회사 선후배들에게 진심 어린 고마움을 전한다. 특히, 세상에 넘쳐나는 싸구려 위로 대신 한 줄을 쓰더라도 온전히 영혼을 담아내라고 늘 당부하시는, 아직도 매일 읽고 쓰기를 게을리하시지 않는 내 아버지께 이 책을 드린다. 사랑합니다.

2015년 8월

성수선

4장

당신의 위로가 필요한 사람이 바로 옆에 있어요

5장

서로 보듬어주는 게 정말 어려운 일일까요

6장

제주, 일상에서 벗어난 일상

1장 우리는 세상이 얼마나 따뜻한지 아직 다 알지 못합니다

메뉴
감자탕
공기밥
소주
맥주
음료수
BEER

대화 #1 금요일 저녁, 삼겹살집

브루스타에 불이 켜지지 않아
50대 남자 주인이 여러 번 불을 붙이다 뻥, 하고
크게 불꽃이 일어남.

수선 : (얼굴을 두 손으로 감싸며) 큰일 날 뻔했어요.
가진 건 얼굴밖에 없는데.
사장님 : (웃음을 겨우 참다 빵 터지며) 으허허허, 아하하하!
수선 : 왜 그렇게 웃으세요? 정말인데.
사장님 및 종업원 일동 : 아하하하, 으허허허!

비타민 대신 술을 먹으면 어때

“너 지하철역 앞에서 나눠주는 ○○○ 알지?
공짜 신문 말야.”

연말에 자영업을 하는 선배를 찾아가서
7천 원짜리 백반을 먹고 있는데,
북엇국을 뜨던 선배가 말했다.

“알죠. 근데 요즘은 보는 사람도 없지 않아요?
스마트폰 때문에?”
“요즘도 아침마다 나눠줘.
○○○역에서 아침마다 나눠주는 여든 넘은 할머니가 계신데
매일 아침 6시부터 9시까지 세 시간씩 나눠주고
받는 돈이 얼만지 알아?”

난 멸치볶음을 한 젓가락 집으며 말했다.
“얼만데요?”

선배는 얕게 한숨을 쉬며 말했다.
“20만 원이래. 한 달에. 이 추위에.
추우니까 받는 사람도 없어.
그래서 내가 아침마다 다섯 부씩 받아서
내릴 때 버려.”

난 선배의 천진한 표정을 바라보며
나도 모르게 웃음이 나서 장난스럽게 물었다.
“혹시 아침은 안 갖다드려요?”

선배는 놀라서 밥숟가락을 놓으며 말했다.
“어떻게 알았어?
아침마다 김밥 한 줄씩 갖다드려.”

아, 내 주위에는 어쩌면 이렇게
오지랖 넓고,
맨날 남의 걱정이나 하고,
돈 안 되는 일에 자기 일처럼 나서고,
비타민 대신 허구한 날 술이나 먹는 사람들이
모여 있는 걸까?

근데 어쩌랴,
이런 사람들이 좋은걸.

양은냄비 찌개가 더 맛나 보이는 이유

"밥 먹고 가요."

얼마 전 토요일 오후,
세탁소에 옷을 찾으러 갔는데
주인 부부가 늦은 점심을 먹고 있었다.

낡은 브루스타 위의 양은냄비에는
잘 익은 김치와 돼지 목살,
두껍게 썬 두부와 송송 썬 홍고추가
보글보글, 맛깔나게 끓고 있었다.

냄새에 홀려서 너무 빤히 쳐다봤나 보다.
안주인이 내 손목을 잡으며
"밥 먹고 가요!"
라고 두 번이나 말했다.

솔직히 잠시 망설였으나
손님들이 계속 들락날락하는 세탁소에서
숟가락 하나 더 놓고 끼어앉아 얻어먹을 배짱은 없어서
손사래를 치며 황급히 나왔다.
그리고 곧, 후회했다.
정말, 맛있어 보였다.

세탁소 주인 부부는
늘 브루스타 하나에 찌개를 비롯한 온갖 음식을
뚝딱, 만들어 먹는다.
어떻게 그 작은 브루스타 하나에 냄비 하나로
그렇게 맛깔난 음식을 만들어 먹을 수 있는지 놀라울 뿐이다.

한번은 세탁소에 옷을 찾으러 갔는데
라디오에서 태진아의 흥겨운 노래가 흘러나오고 있었다.

"당신은 나의 동반자, 영원한 나의 동반자~
내 생애 최고의 선물, 당신과 만남이었어~"

노래를 들으며 세탁소 부부와 참 잘 어울린다는 생각을 했다.
하루종일 좁은 세탁소에서 함께 일하다 보면
간혹 짜증이 날 만도 한데,
세탁소 부부는 언제나 환하게 웃는 얼굴이다.
서로 안 웃긴 얘기를 해도 큰 소리로 웃어주고,
사소한 실수에 핀잔을 주는 대신 서로를 걱정해준다.
"요즘 일이 너무 많지?"

직업적 자긍심도 대단한 두 사람은
얼룩이 완전히 안 빠지면

그만 됐다고 해도 옷을 돌려주지 않는다.
"다른 방법으로 한 번 더 빼볼게요!"

내 옷을 나보다 더 아껴주는 고마운 사람들.
오래오래, 알콩달콩, 건강하고 행복하시기를.

일요일에 짜장면 먹고 영화 보기

"아가씨는 행복이 뭐라고 생각합니까?"

얼마 전 택시를 탔는데 나이 지긋한 기사님이 물으셨다.
난 뭐라 말해야 될지 몰라
음, 음…… 하며 곤란한 표정을 지었다.

대답을 기대하고 한 질문이 아닌 듯,
아저씨는 '세바시 15분' 급의 강의를 시작하셨다.

"요즘 젊은 사람들은 너무 대단한 걸 바랍니다.
그러니까 뭘 해도 행복하지 않죠.
나는 일요일 점심에 항상
마누라랑 짜장면을 먹고 영화를 봅니다.
그게 행복입니다."

어제저녁, 고층 아파트가 경쟁적으로 늘어선
수도권의 한 주택가 동네의 주점에 갔다.
적당히 갈 만한 데는 없고,
다 고만고만해 보이기에 그냥 들어갔다.

안주는 예상보다 끔찍했다.
녹슬고 때 낀 브루스타 위에서 끓는 나가사키짬뽕의 국물은

육수가 아니라 맹물에 분말을 푼 밍밍한 맛이었고,
홍합을 비롯한 해산물은 냉동을 너무 오래 했는지
잔뜩 쪼그라든 데다 푸석푸석했다.

'아, 이건 심하다' 생각하고 있었는데
옆 테이블의 부부가 눈에 들어왔다.

30대 후반 혹은 40대 초반으로 보이는 부부는
'소맥'을 말아 몇 잔째 마시고 있었는데,
여자는 술을 잘 못하는지 목까지 활활 타올랐다.

남자는 아내에게,
자기가 없으면 당장이라도 회사가 망할 것처럼
구라를 치며 회사 얘기를 하고 있었고,
불쾌하게 취해가는 엄마 아빠 옆에서
초등학교 1~2학년으로 보이는 딸내미는
묵묵히 브루스타 위에서 끓는 오뎅을 건져 먹고 있었다.

군대에서 축구한 얘기에 버금가는 남자의 직장 이야기에
목이 활활 타는 여자는 몸을 구부리며 웃었고,
꼬맹이 딸내미는 콜라를 벌컥벌컥 마셨다.
행복해 보였다.

주점 밖으로 나오니
날이 추웠다.

사는 사람 없는 물건 팔아주기

오늘 아침 뉴스에서
발렌타인데이를 맞아 '장미 수출' 대목을 맞은
콜롬비아 기사를 봤다.

콜롬비아는 네덜란드에 이은
세계 2위의 꽃 수출국으로
장미 수출의 대부분은 미국 시장이라고 한다.

바지런히 장미를 포장하는 사람들의 모습을 보니
몇 년 전 받은 장미 한 송이가 생각났다.

아주아주 추운 겨울밤, 강남역.
친구(남자)랑 지나가는데
낡은 스웨터를 입은 등이 굽은 할머니가
장미를 한 아름 들고
지나가는 사람들에게 다가가 팔고 계셨다.

짠돌이로 유명한 친구가
뜻밖에 만 원짜리 한 장을 할머니에게 드리더니 말했다.
"한 송이만 주세요. 일찍 들어가세요. 추워요."
친구는 거스름돈을 받지 않았다.

할머니랑 멀어지고 나서
친구는 내게 장미꽃을 건네며 말했다.
"남자가 꽃 들고 다니면 이상하잖아. 너 가져."

친구가 건넨 장미 한 송이는 아주아주 남루했다.
꽃송이는 보잘것없이 작고
그나마 한쪽은 꽃잎이 떨어져 있었고
꽃대는 앙상하게 말라 있었다.

"이런 꽃 어디서 가져오는지 알아?
양재동 꽃시장 그런 데서 새벽에 안 좋은 꽃은 버린대.
그럼 할머니들이 그 꽃들을 주워와서 파시는 거야.
하지만 사는 사람은 거의 없지.
어떡해? 나라도 사고 너라도 받아야지."

그 친구는
학교를 졸업하고 나서도 쭈~욱
친구가 시킨 콜라에 빨대 하나 더 꽂아 먹는
짠돌이였다.

불편한 사람을 편하게 대하는 사회

Chicago O'hare International Airport

어제, 시카고 공항에서
영화 〈야반가성〉의 화재 후 장국영 같은 남자를 봤다.

얼굴 반쪽이 완전히 일그러져 있었다.
한쪽 눈이 내려앉았고,
피부 조직은 심하게 손상됐고,
심지어 오른쪽 입꼬리가 아래위로 붙어서
말을 하려면 힘겹게 왼쪽 입술을 더 크게 벌려야 했다.

그는 도움을 필요로 하는 탑승객이 아니었다.
놀랍게도 그는 공항 자원봉사자였다.

빨간색 봉사 재킷을 입은 그는
기계로 셀프 체크인을 못하는 노인을 친절하게 돕고 있었고,
(미국 국내선은 대부분 기계를 이용해
셀프 체크인을 하도록 되어 있는데,
노인들이나 외국인의 경우 사용법을 모르는 경우가 많다.)
노인은 전혀 그를 두려워하거나 피하지 않고
세월아 네월아, 농담 따먹기를 하며 수속을 밟고 있었다.

"수하물에 가스류나 허용 용량 이상의 액체가 있습니까?"
"넣으려다 뺐지. 딸이 빼라고 하더라고."

그들은 한바탕 웃음꽃을 피우며 수속을 마쳤다.

순간 코끝이 찡했다.
존경을 표한다, 진심으로.
한쪽 얼굴을 잃고 사람들 앞에 나서서 봉사를 하는 그의 용기에,
아무런 편견 없이 그를 대하는 노인의 해맑은 태도에,
그의 자원봉사를 장려하거나 허용한 시민단체 또는 공항당국에,
다양한 사람들이 모여 살며
소수자를 배려하는 성숙한 시민사회의 힘에.

인생의 코너에 몰려 있을 때의 친구

미국으로 가는 비행기 안에서
〈히든싱어3〉 이재훈 편을 봤다.

이 프로그램을 본 적이 있는 사람들은 알겠지만,
판정단 100인의 일부로 가수의 '절친들'이 출연한다.
이재훈의 절친으로는
초창기 쿨의 매니저였던 개그맨 정준하와
탤런트 오현경이 출연했다.
오현경의 출연은 다소 뜻밖이었다.
그녀는 말했다.

"재훈이는 제게 힘이 되어주고
좋은 말을 많이 해준 친구예요.
오늘 생일인데 달리 해줄 건 없고,
이렇게 출연했어요."

그들의 우정은 무척 오래되었다고 한다.
아마도 이재훈은 오현경이 감당하기 힘든 시간을 겪으며
코너에 몰려 있을 때도 친구였을 것이다.
뭔가 뭉클했다.

돈 많고 잘나갈 때, '친구들'은 정말 많다.

누구나 만나고 싶어 하고,
안 만나려고 해도 여름철 파리 꼬이듯이 꼬인다.
'친구'를 자칭하는 양아치들도 많다.
딱 붙어서 얻어먹고 여기저기에 친하다고 광을 팔고 다닌다.
그러면서도 없는 자리에서는
자기니까 만나준다는 식으로 '디스'를 하고 다닌다.
하지만 어려울 때, 옆에 있는 친구는 극히 드물다.
자기한테 무슨 피해라도 갈까 봐 전전긍긍한다.

얼마 전, 누군가가 자신의 지인을 소개해주며 말했다.
자기가 인생의 코너에 몰려 있을 때,
10년간 아무 말 없이 술을 사준 친구라고.
그런 친구가 있다는 것만으로도
그의 인생은 성공한 그 '어떤 것'이라고 생각한다.

한두 명의 좋은 친구만 있으면 된다.
그리고 그것은
결코 쉽지 않은 일이다.

아끼지 말고 팍팍 축복 주고받기

Deerfield Beach, Florida

"Do you think we can have a sunny day today?"

아침을 먹고 호텔 주변을 산책하고 있는데
호텔 입구를 쓸고 있던 아리따운 멕시칸 청소부가 물었다.
오늘 일기예보를 봤냐는 질문이 아니라
'어떻게 생각하냐'는 질문이 매우 신선했다.

난 아침 일찍 일기예보를 봤지만
시치미를 뚝 떼고 말했다.
"Surely. I think so."

그녀는 고개를 들어 하늘을 바라보며
아침 햇살처럼 환하게 웃었다.
문득 그녀에게 햇살 짱짱한 날보다 더 큰 기쁨을 주고 싶었다.
난 짐짓 심각하게 말했다.
"동양 사람들은 관상을 볼 줄 아는데, 좀 봐줄까요?"

그녀는 껑충 뛰며 기다렸다는 듯이 말했다.
"헤어진 전남편이랑 재결합할 수 있을까요?"

예상치 못한 그녀의 구체적인 질문에 좀 당황했으나
난 능청스럽게 그녀의 이목구비를 요모조모 뜯어보며 말했다.

"두 가지 가능성이 있습니다.
전남편과 다시 만나게 되거나, 아니면……."

그녀는 빗자루를 꼭 쥐고
간절한 눈망울로 다음 말을 기다렸다.

"아니면 훨씬 더 좋은 남자를 만나게 됩니다.
햇살 가득한 날처럼 넘치도록 사랑받으실 거예요."

그녀는 너무나 기뻐서 빗자루를 던지고 나를 껴안으며 말했다.
"God bless you!"

그렇게 우리는 아침부터 축복을 주고받았다.

손뼉 말고 기립박수 보내주기

가끔씩 기운이 처질 때 찾아보는
수잔 보일의 오디션 무대.

수잔 보일의 노래도 감동적이지만
관객들과 심사위원까지 모두 기립해서
박수를 치는 모습이 참, 감동적이다.

뭐든 찬사를 보내고 싶을 때,
진정으로 존경하는 마음이 들 때,
가슴을 툭 두드리는 감성의 시그널에 감사할 때,
망설이지 않고 일어서서 박수를 칠 수 있는 용기,
너무나 아름답다.

얼마 전 〈불후의 명곡〉에 출연한 마이클 볼튼도
자신의 노래를 부르는 문명진의 공연을 보고
기립박수를 쳤는데,
그건 정말 대가들이나 보여줄 수 있는 매너이자 여유다.

미국에서 근무할 때, 한 고객이 정년퇴직을 했다.
그가 마지막으로 출근하는 날,
그러니까 9월 30일에
'당신에게 기립박수를Give you a standing ovation'이라는

제목으로 메일을 보냈다.
당신의 지나온 삶에 기립박수를 보내며,
당신의 새로운 시작을 응원한다는 내용이었다.

감사전화가 걸려왔다.
고맙다는 말과 함께 그는 이렇게 말했다.

"Your sentences are just…… beautiful."

누군가의 빛나는 순간에
서슴없이 기립박수를 보내는 사람이고 싶다.
언제나.

대단하지 않은 일에 바치는 평생

"이상구, 류재풍, 주상태는 내 중학교 친구들이다.
궁핍한 시절을 같이 보내서
얼굴만 봐도 배가 고파지는 진상들이다."

박찬일 셰프의 새로운 산문집 『뜨거운 한입』 '작가의 말'에는
김치 하나에 밥을 고봉으로 쌓아놓고 같이 먹던
중학교 친구들 얘기가 나온다.

며칠 전, 그 대목을 읽다가 울컥, 해서
박찬일 셰프에게 카톡을 보냈다.

답장이 왔다.
"바로 그 후기가 제 얘기들의 진심이에요.
알아줘서 고마워요."

이 책의 첫 이야기에는
술꾼 남편에게 해장국으로 '홍합된장국'을 끓여주는
매물도 해녀 얘기가 나오는데,
저자는 그 아주머니를 이렇게 표현한다.

"한산도 출신의 그 아주머니는
돌섬 매물도에 시집와

아저씨 술 뒷바라지에 평생을 바친 것 같았다."

남편 술 뒷바라지에 평생을 바친 여자.
나도 뭔가를 위해 평생을 바치고 싶다.
남들이 보기에 대단하거나 멋있는 일이 아닐지라도.

월요일 아침에 누군가 "주말에 뭐 했어?" 하면
이틀 내내 뭘 했는지 생각이 안 날 때가 있다.
나름 분주했는데 뭘 했는지 모르겠는.
죽을 때 그런 생각이 들지 않았으면 좋겠다.

감히 말하건대
평생을 무언가에 바쳤다고 말할 수 있다면
그 인생은 값진 삶이리라.

닭살 돋는 대화에 퐁당 빠져보기

여자 : 오빠, '오빠닭'이 뭔지 알아?

남자 : 치킨집 이름 아냐?

오븐에 빠진 닭?

여자 : 딩동댕! 그럼 '오빠나'는 뭔지 알아?

남자 : 뭔데?

여자 : 오빠에 빠진 나.

남자 : 하하, 귀여워.

여자 : 오빠를 만나고 바다에 갈 필요가 없어졌어.

남자 : 왜?

여자 : 오빠가 바다니까.

이런 닭살 돋고도 모자라
몇백 마리 닭을 한 번에 튀겨버리는 대화를
해보고 싶다.

햇빛 속에서 시를 읽는 시간이 필요해

어제, 강남 교보에 들러 세 권의 시집을 샀다.

1. 리산, 『쓸모없는 노력의 박물관』
이 제목을 보고 심장이 멎는 줄 알았다.
나도 작은 사설박물관 하나는 만들 수 있겠다.

2. 김소연, 『눈물이라는 뼈』
몇 년 전 산문집 『마음사전』을 읽고 그녀의 팬이 되었다.

3. 손세실리아, 『꿈결에 시를 베다』
손세실리아 시인의 새로운 시집.
길고 어렵고 난해한 시가 아닌,
이미지로 치환되는
따뜻한 시어들.

손세실리아.
그녀는 제주 조천에서 '시인의 집'이라는 카페를 한다.
그녀와 나의 첫 만남은 2012년 여름휴가였다.

노트북을 들고 바다를 보며 글을 쓰려고 갔었는데,
인사 겸 몇 마디 나누다가 죽이 맞아서 그만
하루종일 술을 마셔버렸다.

나는 노트북 뚜껑을 닫고,
그녀는 장사를 접고 술을 마셨다.

그리고 시간이 흘러 언젠가
인생이 방향을 잃고 있을 때,
혼자서 그녀를 찾아간 적이 있다.

그녀는 말없이
온갖 좋은 재료를 다 넣은 피자를 정성껏 구워주었다.
그러고는 강아지에게 밥을 준 주인처럼
내가 먹는 걸 가만히 지켜봤다.
말로 할 수 없는 위로를 받았다.

새해 첫날이다.
너무 많은 계획 대신,
조금은 천천히 갈 필요가 있다.

무리한 계획을 남발하며
스스로를 괴롭히는 대신,
햇빛 속에서 시를 읽는 시간이 필요하다.

꼬치꼬치 묻는 대신 녹즙 갈아주는 엄마

미국에 파견근무 가 있을 때,
혼자서 추석을 보냈다.
대한민국 싱글로서 명절을 좋아하지 않지만,
혼자 보내는 명절은 참 쓸쓸했다.

마침 슈퍼에 갔는데
가만히 서 있기만 해도 다리가 떨리는 90대 할머니가
70대 아들이랑 장을 보고 있었다.

요리를 할 기력은 없으신지
바나나랑 쿠키 몇 개를 조심스럽게
들었다 놨다 들었다 놨다 했다.

할머니는 떨리는 손으로 쿠키를 집으면서 아들에게 물었다.
목소리가 너무 갈라져서 알아듣기 어려웠는데,
500년 된 나무가 토해내는 바람 소리 같았다.
"Do you…… like this?"

순간, 엄마가 너무나 보고 싶었다.
나도 모르게 눈물이 핑 돌았다.

우리 엄마는 세상에서 제일가는 '성수선 전문가'다.

나에 대해서 모르는 게 없다.
얼굴만 척 봐도
내가 무슨 생각을 하고 있는지 알고,
아무리 두꺼운 옷을 입어도
살찐 걸 간파하고 잔소리를 한다.

언젠가 내가 실연을 당하고 힘들어하고 있을 때,
우리 엄마는 아무것도 묻지 않고
녹즙을 갈아주며 이렇게 말했다.

"몸이나 건강해라!"

세상에서 제일 사랑하는 우리 엄마, 감 여사.

봄에는 꼭 도다리쑥국을 먹어야 해

"오늘 도다리 되죠?"
"네, 도다리랑 다른 제철 회들을 섞어서
큼직하게 한 사라로 냅니다."

"도다리쑥국도 되죠?"
"아니요, 매운탕이나 지리만 됩니다."

"좀 끓여주시면 안 될까요?"
"쑥이 없습니다. 게다가 매운탕이 더 맛있습니다."

"네…… 그래도 봄이잖아요."
"(잠시 침묵) 그러면 이따 뵙겠습니다."

지난주 울산 갔을 때 단골 횟집 주인과 나눈 대화.

도다리쑥국을 끓이려면 쑥이 있어야 한다.
치즈라면을 끓이려면 치즈가 있어야 한다.
냉이된장찌개를 끓이려면 냉이가 있어야 한다.

그리고 내 마음을 끓이려면……
네가 있어야 한다.

우편

2장 가끔은 펄쩍펄쩍 뛰면서 반가운 마음을 표현해보시길

우편

대화 #2 새해 첫날, 카톡 대화

후배(싱글남) : 선배님, 새해 복 많이 받으세요!
새해 목표는 뭐예요?

수선 : 연애!

후배 : 네, 그럼 저도 연애로 하겠습니다.

수선 : 너랑 나랑 같이 하는 거냐?

후배 : (황급히) 그, 그건 아닙니다.

장사는 아무나 하는 게 아니다

"아니, 이게 누구야?
우리 성 작가님 아니야?
도대체 어딜 갔다 온 거예요?"

비도 오고 해서
6개월 만에 단골 막걸릿집에 들렀더니
사장님이 집 나간 동생이 돈을 벌어서 돌아온 것처럼
너무나 반가워하셨다.

"뭐? 미국에 있었다고?
가면 간다고 말을 하고 갔어야지.
이제야 오실라나 저제야 오실라나……
별일은 없나, 얼마나 마음을 졸였는데……."

사장님은 얼마 전에 낸 분점에 가봐야 한다고 나가시며,
종업원들에게 큰 소리로 말씀하셨다.
"성 작가님 테이블 신경 써라!
뭐 달라고 하시는 성격 아니다."

난 너무 놀라서 막걸리를 뿜을 뻔했다.
뭐 달라고 안 하고,
이거저거 귀찮게 안 하는 내 성격을 꿰뚫고 계신 듯.

오랜만에 갔는데도.

역시,
장사는 아무나 하는 게 아니다.

사족〉
이 막걸릿집 사장님에게는 여든이 훌쩍 넘은 노모가 계시는데, 토요일마다 나오셔서 창밖을 보며 앉아 계신다. 어느 겨울, 눈이 오는 날이었다. 등이 구부정한 백발의 할머니가 하염없이 창밖을 보며 앉아 계시는 게, 뭔가 허전해 보였다. 마침 그날, 백화점 갔다가 사은품으로 받은 무릎담요가 있어서 선물로 드렸다. 사실 내겐 그다지 필요하지 않은 물건이었는데, 할머니가 내 손을 잡으시며 몇 번이나 고맙다고 하셨다. 그 후로 그 막걸릿집 사장님은 나만 가면 좋아서 어쩔 줄을 모르신다.

약간은 비린 과메기 같은 사랑

"아저씨, 아저씨는 왜 그렇게 생각해?
아저씨는 너무 섹시해. 그걸 몰라?"

일요일 저녁,
과메기를 먹으러 갔다가
술 취한 옆 테이블 남녀의 대화를 듣게 되었다.
여자는 30대 중후반, 남자는 40대 후반에서 50대 초반.
여자는 '아저씨'에게 갖은 교태를 부리고 있었다.
남자의 얼굴을 어루만지고,
남자의 손을 잡고 노래를 부르고,
화장실에 가면서는 볼에 뽀뽀까지 했다.
대화의 주된 소재가
서로 아는 김 이사, 박 부장, 이 과장 등인 걸로 봐서
그들의 관계는 거래처 또는 협력회사 직원인 것 같았다.

여자는 자기가 결혼을 해버릴 수도 있다고
아저씨에게 은근한 압박을 가하기도 했다.
아저씨는 소주를 한 잔 벌컥 마시며 말했다.

"아저씨가 말했지?
결혼 함부로 하는 거 아니라고.
결혼이 인생을 얼마나 불행하게 하는지 알아?"

순간, 아저씨의 낯모르는 아내가 떠올랐다.
아마도 그는 일요일 저녁에도
거래처 김 이사 접대를 해야 한다고 툴툴거리며 나왔을 테고,
애들은 독서실 갔을 테고……
그의 아내는 혼자서 뭘 먹고 있을까?

아저씨의 볼에 뽀뽀를 하고 화장실에 다녀오는 여자를 보니
어려 보이려고 안간힘을 쓴 게 느껴졌다.
하얀 레이스 소재 미니 플레어스커트(치어리더 치마 같은)를
까만 레깅스 위에 받쳐입고,
화장은 남자들이 보기엔 안 한 것 같은 투명 메이크업.

아무튼 그녀에게 거듭 '섹시하다', '귀엽다'는 칭찬을 듣는
아저씨는 무척 행복해 보였다.

'예쁜 사랑'이란 게 있다면
비리지만 입에 착 달라붙는
'과메기 같은 사랑'도 있는 것이다.

'I remember you'라는 참 좋은 말

Edgewater, New Jersey

미국 마트에 가면 장애인 캐셔들을 쉽게 볼 수 있다.
아무도 그들을 유별나게 쳐다보거나
일부러 다른 줄에 가서 서거나 하지 않는다.
좀 오래 걸리지만,
사람들은 아무런 불평 없이 묵묵히 자기 차례를 기다린다.

작년에 미국에 있을 때 자주 가던 마트가 있었다.
거기엔 금발이 유난히 밝고 예쁜 다운증후군 캐셔가 있었다.
20대 중반이나 됐을까,
그녀는 오른손에도 약간의 장애가 있는 것 같았다.
팔은 기저귀 광고에 나오는 아기들처럼 통통했는데,
손이 비대칭적으로 작았다.
그래서 스캐너를 쥔 손이 다소 불편해 보였다.

그녀는 아주 열심히, 최선을 다해서
물건들을 하나하나 스캔했다.
물건들을 비닐에 나눠 담을 때도 확고한 소신이 있었다.
대충대충 담는 캐셔들이 대부분인데,
그녀는 계란이나 전구처럼 깨지는 물건들은
꼭 작은 비닐에 따로 담았다.
덕분에 더 오래 걸렸지만,
정말 깔끔하고 확실한 일처리였다.

그녀가 나를 두 번째 보았을 때,
그녀는 내게
"Hi, how are you doing?"
같은 인사말 대신 이렇게 말했다.
"I remember you."

그러고 보니 그녀가 나를 처음 봤을 때 이렇게 말했었다.
"I like your glasses."
(그때 난 뽀로로 같은 주황색 안경을 쓰고 있었다.)

그 후, 그녀는 나를 볼 때마다
"I remember you"라고 말했고,
난 그 말을 듣는 게 좋아서 항상 그 줄에 섰다.

"I remember you."

다 같이 웃으면 얼마나 좋은데

몬트리올공항 보안검색대.

한 할머니가 검색대 앞에서 고개를 뒤로 젖힌 채
급하게 생수를 마시고 있었다.
깜박하고 가방에 넣어둔 생수를 버려야 할 위기에 처하자
버리기가 아까웠던 할머니는
생맥주 빨리 마시기 대회에 나간 신입생처럼
전력을 다해 물을 마셨다.

물이 몇 모금 안 남았을 때,
할머니가 씨익 웃으며 검색요원에게 말했다.
"이제 100밀리리터 미만이니까 들고 가도 되지?"

할머니의 기지에 허를 찔린 젊은 검색요원은
너스레를 떨며 말했다.
"음…… 한 모금 더 마셔야 될 것 같은데요."

할머니는 승자의 여유를 보이며 한 모금을 더 마신 후,
로또에 당첨된 사람처럼 폴짝 뛰며 생수병을 흔들었다.
"이제 가져갈게!"

지구를 구하듯이 생수병을 지켜낸 할머니는

총총걸음으로 검색대를 떠났다.
검색대에 있던 사람들이 모두 함께 웃었다.

문득, 이런 진부한 말이 생각났다.
웃어라, 온 세상이 너와 함께 웃을 것이다.

늘 자기방어부터 하고 있지 않은지

“비만 환자들은 누가 물어보지 않아도 늘 변명을 합니다.
먹는 행위에 대한 죄책감이 큰 데다,
자존감이 낮기 때문이죠.”

오랜 기간 비만을 연구하고 치료해온 한 교수님이 말씀하셨다.
실제로 비만 환자들은(스스로 살이 쪘다고 생각하는 사람들은)
늘 변명 또는 자기방어를 한다.
누가 물어보지 않아도 먼저.

“원래 많이 안 먹는데 오늘은 아무것도 안 먹어서…….”
“너무 바쁜 데다 생활이 불규칙해서 운동할 시간이 없어.”
“먹는 것도 별로 없는데…… 불면증 때문에 살이 안 빠져.”
“스트레스성 폭식으로 갑자기 살이 쪘어.”
“술 때문에 살이 쪄. 일 때문에 안 마실 수도 없고.”

연예인들은 연애 사실을 밝힐 때,
또는 언론에 터져서 어쩔 수 없이 인정할 때,
주로 이렇게 말한다.
“조심스럽게 만남을 시작했습니다.
예쁜 사랑 지켜봐주세요.”

어쩌면 그들이 강박적으로 ‘예쁜 사랑’이라고 말하는 것도

스스로 자존감이 낮거나,
자신을 향한 대중의 부정적 인식에 대한
두려움 때문일지도 모른다는 생각이 든다.

이를테면 '예쁜 사랑'은 이런 우려에 대한 자기방어일 수도.
(남들처럼, 또는 너희가 상상하는 것처럼)
"스캔들 덮으려고 연애하는 거 아니다."
"영화 홍보하려고 설정한 거 아니다."
"찌라시 도는 거처럼 난잡하지 않다."
"돈 때문에 만나는 거 아니다."

그러고 보면 누가 묻지 않아도 난
처음 만나는 사람에게 이런 말을 하곤 한다.

"원래 안 이런데, 어제 술을 마셔서 얼굴이 부었어요."
"너무 피곤해서 다크서클이 내려앉았어요!"

싫다고 하면 제발 그냥 내버려두기

언젠가 한 토크쇼에서 안재욱이 말했다.
'굴'을 제일 싫어한다고.
그래서 자기 앞에서 굴을 먹는 여자나,
"오빠, 이 맛있는 굴을 왜 안 먹어? 굴은 바다의 콩이야"
이러면서 권하는 여자들도 싫다고.
세상에 먹을 게 얼마나 많은데,
왜 싫다는 음식을 자꾸 먹으라고 하냐고.

그 말을 들으며 엄청 공감했다.
심지어 안재욱에게 호감까지 느꼈다.
왜, 도대체 왜, 싫다는데 난리냐고?

안재욱의 '굴'이 내겐 '콩국수'다.
사람들의 접근법은 비슷하다.

"이 맛있는 걸 왜 안 먹어? 먹어봐, 고소해."
"이 몸에 좋은 걸 왜 안 먹어? 콩은 완전식품이야."
"자꾸 고기만 먹지 말고 식물성 단백질을 먹어."

난 여름에 칼국숫집에서 콩국수 파는 것도 싫다.
같은 테이블에서 누가 콩국수를 먹으면
보는 것만으로도 힘들다.

먹기 싫은 걸 자꾸 먹으라고 권하는 건
채식주의자에게 고기를 권하는 것과 다를 바 없다.

일상의 많은 경우에도 비슷한 일들이 일어난다.
자꾸 조르고 강요하면 더 하기 싫은 법이다.
남자친구나 여자친구가 전화를 자주 하지 않는다고
타박을 하고 비난을 하면 더 전화하기가 싫어진다.

"지금 몇 시야? 왜 이제야 전화해?"
"문자 하나 보낼 시간도 없었어?"
"날 사랑하기는 하는 거야? 전화하는 게 그렇게 어려워?"

이렇게 보채고 강요하면
조금씩 다가가려는 마음이 더 멀어진다.
누구나 다른 취향과 감각, 속도를 가지고 있다.
저마다의 취향과 개성을 존중해줄 필요가 있다.

기무라 타쿠야가 나왔던 '일드'의 고전
〈롱 베이케이션Long Vacation〉에 이런 대사가 나온다.

"날지 못하는 새에게
날아라, 날아라 하는 것은 폭력이야!"

외롭다고 아무나 만나지 않기

1.
"외로워서 교회에 다닙니다."
누군가 말했다.
외국 생활을 하다 보면
외로워서 교회에 다닌다는 사람들이 의외로 많다.

2.
"일요일에 혼자 밥 먹기 싫어서 결혼했어."
한 선배가 말했다.
토요일 밤늦게까지 달리고 일요일 아침 늦게 일어나
냉장고를 열면 아무것도 없는 게 싫어서
선봐서 뚝딱, 결혼을 했다고.
그닥 '행복는' 것처럼 보이지는 않지만
아무튼 일요일 아침부터 뜨신 밥을 먹는다니,
나쁘지 않은 '딜'이다.

3.
배고프다고 닥치는 대로 허겁지겁 먹으면 몸을 버린다.
외롭다고, 혼자 있기 싫다고,
아무나 만나고 다니면
정작 만나야 할 사람을 만나지 못한다.
귀한 인연은

두리번거리며 찾아온다.
신발끈을 몇 번씩 고쳐매고 천천히.

4.
내가 쓴 문장이지만 참 좋아하는 문장.
"당신이 외롭다는 이유만으로
누군가의 마음을
스페어타이어처럼 달고 다니지는 않는가?"

왜 이렇게 남자가 없는 걸까

친구 : 5월 1일 저녁에 뭐 해?

수선 : 왜?

친구 : 아주 재미나고 독특한 친구를 만나는데 같이 볼래?
서로 알고 지내면 좋을 것 같아.

수선 : (별 기대 없이) 여자……야?

친구 : 요즘 내 주위에 남자는 씨가 말랐어.

수선 : (역시나 하는 표정으로) 그날 난 좀 쉬려고.

영혼을 담아 립서비스하기

"언니, 피부가 어쩜 이렇게 좋아요?"

어제 감자탕집에서 육수를 더 부어주시던 언니에게
영혼을 담아 립서비스를 했다.
언니는 너무나 좋아하며 육수를 다 붓고도 한참을 서 계셨다.

"글쎄, 별로 하는 것도 없는데. 좋아 보여?"
"에이, 거짓말! 맨날 팩하고 그러는 거죠?"
"아냐, 맨날은 아니고 가끔 해."
"비싼 거예요? 피부에서 빛이 나요."
"(좋아서 어쩔 줄을 모르며) 그냥 싼 거.
근데, 내 피부가 그렇게 좋아 보여?"
"그걸 말이라고요? 함 둘러보세요.
언니보다 더 좋은 사람 있는지."

하루종일 무거운 감자탕을 나르느라 지친
언니의 엔도르핀 급상승.
자꾸 우리 테이블을 왔다갔다 하시며,
"국물 졸았네. 육수 더 부을까?"
"밥은 안 볶아? 소주 더 갖다줘?"

하하하, 나는 행복을 주는 사람~.

내 술상도 남편 술상 차리듯

이번 출장은
출발하는 첫날부터
염장질이 시작되었다.

도심공항으로 가는 택시 안에서
기사 아저씨는 '짝꿍' 타령을 하시고,
매일매일 다른 주州로 이동하는 강행군 속에서
묵는 호텔마다 커피 두 잔을 한꺼번에 내리는
'커플용 커피머신'이 비치되어 있었다.

매일 'One Cup'에 세팅하고 한 잔씩 내리다가
두 잔을 한꺼번에 내리는 기분은 어떨지 궁금해서
그냥 컵만 하나 더 얹어봤다.

뭔가 심히 처량하구나.
그만하자.
스타일 구긴다.
'간지' 하나로 살아온 인생.

얼마 전에는 누군가 수제 두부를 선물해서
어떻게 먹을까 고민하다 두부김치를 만들었다.
사소한 것에도 '미장센'을 추구하는 성격상

김치를 참치랑 같이 볶아서 가운데 동그랗게 쌓고,
데친 두부를 썰어서 접시 가장자리에 라운드 대열로 배치하고,
컬러감을 위해서 두부 사이에 크래미를 교차 배치하고,
브로콜리까지 데쳐서 데코 완성.

차려놓고 보니 너무 훌륭한 술안주라
선반 한 켠에 있던 일본소주를 꺼내 데운 후
혼자 먹기 아까워서 사진을 찍어 친구에게 보냈다.
곧, 이런 친절한 답장이 왔다.

"미친년, 누가 보면 남편 술상인지 알겠네."

착한 사람, 죄책감 느끼지 말기

죽을 먹다가도 이는 빠진다.

오랫동안 흔들흔들하고 있었던 이는
갈비나 아나고가 아니라
씹을 것도 없는 죽을 먹을 때
타이어 공기가 빠지듯이 맥없이 빠진다.

그럼 '호의'로 죽을 끓여준 '착한 사람'은
급, 당황한다.
"어머, 죽이 푹 끓지 않았나요? 전복이 딱딱했나요?"

죽을 먹다 이가 빠진 '나쁜 남자/여자'는
오랫동안 이가 흔들렸음을 구태여 말하지 않는다.

착한 사람은 됐다는데도 구태여 치과비를 낸다.
이가 빠진 사람은 이 기회에 미백도 하고 스케일링도 한다.
기회는 재수!

이런 일이 실제로 너무 많다.
착한 사람은 툭하면 죄책감을 느끼고,
모든 일이 자신의 책임인 양
마냥 괴로워한다.

좀, 뻔뻔해질 필요가 있다.
내가 정성껏 끓여준 죽을 먹다
누군가의 이가 빠지면
당황하지 말고, 이렇게 말해야 한다.

"이 빼고 먹어."

나이 먹어도 꼰대는 되지 말기

1.
나이가 들면
"입은 닫고 지갑은 열어라!" 했거늘,
법인카드 긁으면서 말은 혼자 다 함.

2.
자기보다 한두 살이라도 아래면
훈화와 훈육의 대상으로 간주, 폭풍 연설.

3.
대단한 정치적 식견을 가진 것처럼 말하나
알고 보면 전날 TV조선 또는 채널A에 나왔던 내용.

4.
젊은이들이 정치적 견해를 얘기하면 '벌컥' 화를 냄.
"대통령 욕하면 진보냐?"
"그러니까 나라꼴이 이 모양이지!"
하며 혀를 끌끌 참.

5.
해서는 안 될 말을 아무렇지도 않게 함.
이를테면 30~40대 비혼 여성들에게

"애국하려면 애를 낳아라!"
"더 늦으면 애를 못 낳는다."
"여자가 잘나봐야 별수 없다."
이런 폭력적인 말들을 '위한다'는 명분으로
열정적으로 말씀해주심.

6.
젊은이들의 문제를
"요즘 애들은 고생을 몰라!"
"등 따시고 배불러서 창자가 튀어나왔어!"
"나이브해!"
이런 식으로 명쾌하게 규정함.

7.
후배 또는 부하직원이 용기를 내 본인의 고충사항을 말하면,
"난 너만 할 때 더 힘들었다!"라는 한마디로
대화를 원천봉쇄함.
그러면서 힘들면 언제든지 얘기하라고 호인답게 말씀하심.

8.
예술가들을 룸펜 취급함.
한 젊은 시나리오작가의 죽음 앞에서

"중소기업 공장은 사람이 없어서 못 돌리는데,
편의점 알바라도 하지!"라고 애도함.

9.
필사적으로 '인정'을 갈구함.
'서울대 망국론'을 애기하는 사람들은 대부분 서울대 나왔음.
결국 하고 싶은 말은 자기가 서울대 나왔다는 얘기임.

10.
남의 말을 듣지 않음.
다른 사람이 말할 때 나는 어떤 멋진 말을 할까 골똘히 생각함.
질문이 있으면 하라고 했더니 질문 대신 총평을 함.

예측 가능한 사람이 좋아

"김보성 캐릭터 참 좋아. 캐릭터가 참 일관적이야, 심플하고.
갈수록 의뭉스러운 사람들이 싫어.
도대체 무슨 생각을 하는지 알 수 없고,
무슨 일이 있으면 어떻게 대응할지 예상할 수가 없거든.
예측 가능한 사람이 좋아. 그런 사람에게 신뢰가 느껴져."

선선한 여름밤, 절친 L이 치맥을 먹으며 말했다.
난 커다란 잔에 얼마 안 남은 생맥주를 쭉 들이켜며 말했다.
"나도 그렇지 않아? 예측할 수 있지?"

L은 맥주를 들이켜려다 기침을 하며 말했다.
"야, 그걸 지금 말이라고 하냐? 너는 아주 명백하다, 명백해."

L의 말에 기분이 좋아서 맥주를 대자로 하나 더 마셨다.
물론 L은 그것도 짐작하고 있던 터였다.

히든카드 따위, 없다.
잔머리 따위, 굴리면 골치 아프다.
좀 손해를 보더라도 솔직하고 심플하게!

그게…… 나으리! 명백하게.

소원을 미리 생각해놓기

한 나무꾼이 나무를 베려 하자
나무의 요정이 나타나 말했다.
나무를 베지 않으면
세 가지 소원을 들어주겠다고.

집으로 돌아온 나무꾼은 아무 생각 없이 말했다.
"소시지나 하나 먹었으면 좋겠네."
그러자 소시지가 뿅 하고 나타났다.

그의 아내는 너무 화가 나서 소리쳤다.
"겨우 소시지 따위에 소원을 써버리다니!
그놈의 소시지, 당신 코에나 붙어버려라!"
그러자 소시지가 코에 붙었다.

결국, 그들은 마지막 소원을
소시지를 떼는 데 썼다.

이 우화에 웃을 수 있는 사람이 얼마나 될까?
별똥이 떨어질 때 소원을 빌면 진짜 이루어진다.
왜냐하면 그 짧은 순간에 소원을 말할 수 있는 사람이
거의 없기 때문이다.

내가 제일 원하는 게 뭔지,
내게 제일 필요한 게 뭔지,
'무조건반사'가 될 수준으로 뇌에 입력되어 있는 사람……
그리 많지 않다.
그리하여 우리는 기회가 왔을 때 자꾸 애먼 소리를 한다.
덥석 물어야 할 순간, 머뭇거린다.
"예"라고 말해야 하는 순간, 습관적으로 한번 튕긴다.
그리하여 우리는 후회를 한다.

〈국제시장〉과 신상 마스카라

"그래요? 전 처음부터 끝까지 우느라
그런 생각을 할 겨를이 없었습니다."

2007년 여름,
한 일간지 문화부 기자와 저녁을 먹은 적이 있는데
내가 당시 개봉했던 〈화려한 휴가〉의
'영화적 서사'에 대해 말하자,
80년대 초 학번인 그 기자는
'어린 니가 뭘 알겠냐?' 하는 표정으로 날 쳐다보며
이렇게 말했다.

〈국제시장〉을 봤다.
영화로서, 작품으로서
아쉬운 점이 많다고 느꼈으나
말 한마디 잘못했다간
크게 욕먹을 수 있겠다는 생각을 했다.

"니가 그 시대를 알아?"
"난 처음부터 끝까지 눈물이 나서 그런 생각 따윈 못했어."

이산가족이 상봉하는 장면은
나도 눈물 콧물 범벅이 돼서 봤다.

내가 그렇게 울 수 있다는 것에 놀랐다.
그리고 그렇게 울어도
전혀 번지지 않는 신상 마스카라에
놀랐다.

가슴 뛰는 순간을 기다리며

Edgewater, New Jersey

"Extreme large, please!"

던킨에서 커피를 사려고 줄 서 있는데
스키니한 백인 여자가
커피 사이즈를 '익스트림 라지'로 주문했다.

X-라지를 '익스트림 라지'로 부른 건데
간지 있어 보이려고 쓴 표현인 건지
'엑스트라 라지'를 잘못 알고 있는 건지는 모르겠다.

아무튼, 멋진 여자가 그렇게 주문을 하니 멋져 보였다.
그래서 나도 그렇게 주문을 했다가
하루종일 심장이 벌렁벌렁 뛰고 잠이 안 왔다.

흔히 사람들은 에스프레소가
진하고 쓰니까 카페인 함량이 더 높다고 생각하는데,
그렇지 않다.

카페인 함량은 물과 반응하는 시간이 길수록 높아진다.
에스프레소는 30초 미만으로 순간 추출해버리지만,
기계로 드립할 경우 3분가량 걸린다.
보통 8온스약 240밀리리터 사이즈 드립 커피의 카페인 함량이

65~120밀리그램.
그렇다면 X-라지 24온스약 720밀리리터의 카페인 함량은
단순 산수로만 195~360밀리그램.
하루종일 심장이 뛴 원인이 있었다.

아…… 나,
뭔가 근사한 일로
심장이 뛰었으면 좋겠다.

밀가루 안 먹기 다이어트의 교훈

60일 동안 밀가루를 먹지 않는
다이어트를 한 적이 있다.

생각보다 훨씬 힘들었다.
밀가루가 들어간 음식이 그렇게 많은지 미처 몰랐다.
라면, 국수, 파스타, 빵, 만두, 과자, 김치전, 파전,
각종 튀김, 햄버거, 샌드위치, 치킨, 피자, 쫄면,
수제비, 우동, 짬뽕, 짜장면…….

운동을 전혀 하지 않고 밀가루만 먹지 않았는데
꽤 효과가 있었다.
3킬로그램이 빠졌고, 피부가 좋아졌고,
몇 가지 나쁜 습관들이 없어졌다.
예를 들어, 호프집 서비스 과자 습관적으로 집어먹기,
옆에서 누가 과자를 먹고 있으면 같이 먹다 한 봉지 더 먹기,
스트레스가 쌓이면 탄수화물을 폭식하는 습관 등.
짧지 않은 기간이었고, 쉽지 않은 일이었다.

한번은 중국집에서 짜장면 한 그릇을
네다섯 번의 젓가락질로 끝내버리는,
입에 춘장이 가득 묻은 남자를 본 적이 있다.
그때 짜장면 그릇을 뺏어서 먹어버리고 싶은 충동을 느꼈다.

60일의 다이어트를 끝내고 처음 짜장면을 먹었을 때의,
짜릿하기까지 했던 그 기억을 잊을 수가 없다.
젓가락을 양손으로 잡고 짜장면을 비비는데, 손이 떨렸다.
그토록 열망했던 짜, 짜, 짜장면.
조급해서 제대로 비비지도 않고 한 젓가락 가득 입에 넣었는데,
기절할 것 같았다. 그래, 이 맛이야!

달고 짜고 느끼하고 MSG 충만한 저렴하고 황홀한 맛,
말도 안 되게 단 것이 지친 영혼을 위로하는 맛,
내 영혼의 닭고기수프가 아닌 내 영혼의 짜장면!
곱빼기를 시키지 않은 걸 후회하며
마지막 남은 양파 한 조각까지 다 건져 먹었다.

문득 매주 일요일에 아내와 짜장면을 먹고 영화를 보는 것이
삶의 가장 큰 행복이라던 60대 택시 기사님이 떠올랐다.
아마도 그들의 짜장면은 항상 이렇게
기절할 만큼 맛있지 않을까?

누군가와 이런 고민을 해보고 싶다.
영화를 보고 짜장면을 먹을까,
짜장면을 먹고 영화를 볼까?

의외로 쉽게 풀리는 일들도 많다

Dallas Fort Worth, Texas

"생수 한 병 받을 수 있을까요? 서비스로요."

호텔 프런트데스크 옆 냉장고에서
생수를 한 병 꺼내고 계산을 하려다 혹시나 해서 물어봤다.
프런트데스크의 늘씬한 흑인 언니는 어깨를 으쓱하며 말했다.

"그게…… 우리 호텔은 서비스로 생수를 제공하지 않아요.
호텔마다 다르거든요. 그런데 뭐, 그냥 한 병 드릴게요."

하하하! 그냥 계산했으면 3~5달러는 냈을 텐데,
말 한마디에 공짜로 득템!

그런데 의외로 이런 경우가 많다.
'혹시나' 해서, '밑져야 본전이다' 하고 말했는데
상대방이 너무나 쉽게, 흔쾌히 승낙하는 경우들.

왕년에 백과사전을 팔았던,
출판사 방문판매원 출신의 사업가를 알고 있다.
그는 생맥주를 쭉~ 들이켜고 말했다.

"아무 사무실에나 노크하고 들어가서
그 비싼 백과사전을 사라고 하면

아무도 사는 사람 없을 것 같지?
근데 있어.
문전박대도 당하지만,
커피도 한 잔 타주고 백과사전까지 사주는 사람들이 있어.
처음에는 너무 창피해서 차마 문을 못 두드리겠더라고.
그래서 우황청심환까지 먹었어.
근데 내가 생각해도 이상하게
더러 사주는 사람들이 있더라고.
그때부터 이 말을 믿게 됐지.
두드려라, 열릴 것이다."

거절당할까 봐 미리 포기하는 일이 너무나 많다.
말 한번 못해보고 마음을 접는 경우가 너무나 많다.
그때 말이나 한번 해볼걸,
후회하는 경우가 너무나 많다.

그리고
의외로 쉽게 풀리는 일들도 많다.
말하는 데는 돈이 안 든다.

두드려라,
(어쩌면) 열릴 것이다.

내가 할 일, 네가 할 일 구분하기

몇 년 전, 회사에 초청 강사로 온
총각네야채가게 이영석 대표의 강의를 들은 적이 있다.
(그때 그는 상호처럼 '총각'이었다.)

강의 내용은 잘 기억나지 않지만
매일 새벽 3시에 직접 농산물시장에 나가고,
과일과 야채의 맛을 보고 사기 때문에
미각을 지키기 위해 술담배를 전혀 하지 않는다는 말이
무척 인상적이었다.

최근엔 우연히 '만남'에 대한 그의 '세바시' 강의를 보게 됐다.
누군가를 만나기 위해 몇 달씩 쫓아다니고,
매일 문자를 보내고,
몇천 번이나 메일을 보낸다고 했다.

이런 저돌적인 스타일을
개인적으로 썩 좋아하지는 않지만,
그의 강의에서 무척 공감되는 바가 있었다.

1. 내가 할 일
2. 네가 할 일
3. 하늘이 할 일

만남을 위해서도
'내가 할 일'과 '네가 할 일'이 있는데
대개 사람들은 '네가 할 일'을 스스로 걱정해서
만남을 청하지 않는다는 것.

그 사람은 너무 바쁘겠지.
그 사람은 나를 기억 못하겠지.
그 사람은 남친/여친이 있겠지…….
이런 건 네가 할 일, 네가 판단할 일이고,
내가 할 일은 만남을 청하는 일이라는 것.

매우, 공감하는 바이다.

여전히 아웅다웅 서로 사랑하기

오늘은 휴가.
아빠랑 점심시간이 훌쩍 지난 한가한 참칫집에서
낮술을 한잔 했다.

아빠는 추운 겨울에 마시는
따뜻한 정종, 히레사케를 매우 좋아하시는데
유전적 영향으로 나도 매우 좋아한다.

영하의 날씨에 언 손을 녹이며 들어가
따뜻한 잔을 두 손으로 감싸고 마시는 히레사케.

세상에는 많은 부자가 있다.
포브스 300, 400…… 뭐, 이런 랭킹들도 많은데
부모님이 두 분 다 건강하시고,
여전히 아웅다웅 서로 사랑하시고,
튼튼한 이로 함께 갈비도 와구와구 뜯고,
사소한 일에 언성을 높이며 싸우기도 하고,
이렇게 한가한 날 낮술 한잔 같이 할 수 있다면…….

이런 게 정말 '부자'가 아닐까.
아, 알딸딸~!

원조 딸바보인 우리 아빠는 가끔씩
나를 넋 놓고 쳐다보시다가 이렇게 말씀하신다.
"거, 참 잘생겼다."

과년한 딸인 내가 술을 마실 때도
언제 얘가 이렇게 커서 나랑 술을 다 같이 마시나,
신기해서 어쩔 줄을 모르신다.

단 하나, 우리 아빠가 모르는 사실.
내가 아빠보다 잘 마신다는 거.
하하하!

힘들 때 가만히 옆에 있어줄 사람

"왜 그때 연락 안 했어?"

오랜만에 만난 친구가 원망에 찬 목소리로 물었다.
난 똑바로 쳐다보지도 못하고 주저주저하며 말했다.

"그게, 그게, 도저히 어떻게……
뭐라고 말을 해야 할지 모르겠어서…….
연락하는 거조차 미안해서 연락을 할 수가 없었어."

친구의 얼굴에는 서운함과 원망,
그러리라 짐작은 했다는 이해와 한숨이 마구 교차했다.

"꼭 말을 해야만 하니?
그냥 옆에 있어주면 되는 거 아냐?"

밝히기 어려운 어떤 일로
친구의 가족이 혹독한 시련을 겪고 있을 때,
난 친구에게 연락을 하지 못했다.
그때 난 어렸고, 그리고 비겁했다.

매일매일 TV와 신문에서 친구 아버지의 소식을 보면서
지금 친구는 얼마나 힘들지, 밥이나 제대로 먹고 있을지,

아프지는 않은지…… 걱정했다.
몇 번이나 전화기를 만지고 또 만졌지만,
차마 연락을 할 수가 없었다.
도대체 뭐라고 말해야 할까?
문자도 카톡도 없었던 시절이고,
내겐 전화를 걸 수 있는 용기가 없었다.

시간이 한참 지나서,
나도 여러 차례 인생의 고비를 넘기면서
비로소 알게 되었다.

힘들 때는 그냥 옆에 같이 있어줄 사람이 필요하다는 것을.
백 마디의 말이 아닌, 그냥 가만히 옆에 있어주고
술 마실 때 말없이 잔을 채워주는 친구가 필요하다는 것을.
오히려 힘들 때 누군가가 말로 하는 위로는
약이 되기보다 독이 되기 쉽다는 것을.
이를테면, 아이를 잃은 부모들은
주변 사람들이 위로한다고 한 말에
씻을 수 없는 상처를 입는다고 한다.
"아이는 또 낳으면 되잖아."

우리는 타인의 고통을 헤아리지 못한다.

사랑하는 사람의 고통을 짐작하려고 노력하지만,
결코 그 고통에 근접할 수 없다.
머리로 생각해서 말로 전하는 섣부른 위로는
오히려 상대에게 상처가 될 수도 있다.
그리고 그런 두려움으로 인해 아예 연락을 피하고
위로를 포기하기도 한다.

나도 그 두려움에서 오랫동안 자유롭지 못했다.
그리고 이제야 알게 되었다.
위로는 말로 하는 게 아니라는 것을.

언젠가 한참 힘들었을 때,
늦은 밤 감자탕집에서 소주를 마시다가 그만
울어버린 적이 있다.
지저분한 브루스타 위에는
큼직한 돼지 등뼈가 잔뜩 들어간 감자탕이
부글부글 끓고 있었고,
나는 소주 회사 로고가 들어간 빨간 앞치마를 한 채로
그 앞에서 엉엉 울었다.

눈은 까만 마스카라 범벅이 되었고,
코는 질 나쁜 냅킨으로 흥흥 푼 덕분에 딸기코가 됐다.

앞에 앉아 있던 선배는
왜 그러냐, 도대체 뭔 일이냐 묻는 대신
묵묵히 돼지 등뼈에 붙은 살을 발라내서 내 앞접시에 날랐다.
아무 말 없이 계속.
난 선배가 발라준 고기를 먹으며 소주를 마시고,
울다가 또 마시고, 고기를 집어먹고 또 마셨다.
그 어떤 좋은 말에도 비할 수 없는 고맙고 귀한 위로였다.

누군가 힘들어할 때,
돼지 등뼈에 붙은 살을 발라준 그 선배처럼
가만히 옆을 지켜주는
그런 사람이 되고 싶다, 나도.

초복에 만나 몸보신이나 합시다

"내년 입춘立春에 봅시다.
그때까지 건강하고 행복하게 잘 지내시고요."
그러면 상대는 농담인 줄 알고 이렇게 되묻는다.
"왜 하필이면 입춘이죠?"
"당신은 입춘에 만나기 좋은 사람 같아서요."
_ 윤대녕, 『이 모든 극적인 순간들』 중에서

소설가 윤대녕은 '절기'에 따라 사람을 만난다고.
예를 들면 이렇다.

1. '입춘'에 만나자고 농담처럼 말하고 수첩에 적는다.
2. '입춘'에 맞춰 전화를 한다.
3. 반갑게 만나서 술 한잔 한다.
4. 헤어질 때, 다음 만날 날을 잡는다.

다음 만날 날은 이런 식으로.
"다음 입춘까지는 많이 남았으니,
초복에 만나 몸보신이나 합시다."
아…… 이거 너무 재미있겠어.
절기에 따라 사람을 만나다!

그런데 나는

24절기 모두
너를 만나고 싶다.
일단 첫 번째 절기는 입춘.
2월 4일.
너와 함께 봄을 맞고 싶다.

물귀신처럼 잡고 늘어지지 않기

연휴에 한창훈의 단편 『올 라인 네코』를 읽으며
뱃사람들의 말을 알게 되었다.

배를 출발시킬 때
선장은 선원들에게 밧줄을 풀라며
이렇게 소리친다고 한다.
"올 라인 네코 All Line let go!"

"모든 밧줄을 풀어라!"
누군가를 진심으로 사랑한다면
상대를 구속하거나 결박할 게 아니라
상대가 스스로를 옭아맨
결박의 사슬을 끊어버릴 수 있도록
도와줘야 한다.
숨 한번 크게 쉴 수 있도록.

물귀신처럼 서로 잡고 늘어지는 게
사랑은 아니겠지.
"올 라인 네코!"

* 이 소설, 정말 차지고 재미있다. 역시 한창훈!

요가

3장 당신에게 티벅티벅 걸어오고 싶은 사람이 참 많습니다

요가
← 7년
← 7년

대화 #3 일요일 밤, 친구와의 통화

친구 : 요가를 해봐.
　　　자세가 바로잡히면서 키도 커.
수선 : 얼마나 했는데?
친구 : 7년.
수선 : 그렇게 오래? 대단하다. 존경!
친구 : 넌 회사를 꾸준히 다니잖아.
수선 : 그건…… 그렇지.
　　　근데…… 요가는 오래 하면 잘하지?
친구 : 그럼, 이제 내가 가르쳐도 돼. 왜?
수선 : 회사생활은 오래 해도 힘드네.

절대로 나만 힘든 게 아니다

"내가 특별히 공짜로 부적을 하나 써줄 테니
입던 속옷을 이 부적으로 말아서 태우세요."

2007년, 첫 번째 책을 쓰고 있을 때였다.
평일에는 출퇴근만으로도 힘들어서,
주말에 몰아서 원고를 썼다.
토요일 밤을 새우기도 했고,
저녁에 일찍 자고 새벽 3~4시에 일어나기도 했다.
시간을 아끼기 위해 먹는 건 주로 '김밥'이었다.
점심에 한줄김밥을 먹으면 저녁에 삼각김밥을 먹고,
점심에 삼각김밥을 먹으면 저녁에 한줄김밥을 먹었다.

하루는 일요일 아침부터 책상에 앉아 있는데
글이 한 줄도 써지지 않았다.
정오가 지나고 오후 3시, 저녁 6시가 되도록
책상에 딱 붙어앉아 있었는데도 단 한 줄을 쓸 수가 없었다.

조급하고 답답하고 화가 났다.
내가 지금 뭐 하고 있는 거지?
이렇게 해서 책이 나올 수 있을까?
이러다 안 나오면 그동안 잠도 제대로 못 잔
그 많은 날들은 다 뭐가 되는 거지?

답답한 마음에 자리에서 벌떡 일어나 혼자서 사주카페에 갔다.
(지금 생각하면 그때의 내 모습이 참 딱하다.
오죽 답답했으면 일요일 저녁에 혼자 사주카페에 갔을까?)

신촌의 한 사주카페에는
벙거지모자를 쓰고 개량한복을 입은 젊은 남자가
도사의 포즈로 앉아 있었다.

난 단도직입적으로 물었다.
다른 건 아무것도 궁금하지 않았다.
"오늘 하루종일 책상에 딱 붙어앉아 있었는데
단 한 줄도 못 썼어요.
이렇게 해서 책이 나올까요?"

벙거지모자를 쓴 남자는
뜻밖의 질문에 잠시 당황하더니 이렇게 말했다.

"음…… 책은 나옵니다.
지금 슬럼프에 빠진 거뿐이에요. 힘들겠어요.
내가 특별히 공짜로 부적을 하나 써줄 테니
입던 속옷을 이 부적으로 말아서 태우세요.
반드시 효과가 있을 겁니다."

말이 끝나기가 무섭게 벙거지모자를 쓴 남자는
종이에 지렁이 또는 상형문자 같은 걸 잔뜩 그리더니
으쓱하는 표정으로 내게 내밀었다.
순간 웃음이 터져나오려 했지만
난 짐짓 진지한 표정으로 감사의 인사를 하며
부적을 받았다.

"나도 책이나 한번 써볼까?"
가끔씩 내게 이런 말을 하는 사람들이 있다.
그 말을 들을 때면
부적을 쓰는 남자 앞에 혼자 앉아 있던
나의 막막했던 모습이 떠오른다.

나는 뭐를 해도 참 힘들고 고생한 만큼 인정도 못 받는데,
남들은 별 노력도 안 하는데 술~술 잘 풀리는 것처럼 보인다.
아마도 내게 "나도 책이나 한번 써볼까?"라고 말하는 사람들은
내가 글재주 좀 있는 회사원쯤으로 보일 것이다.
심심할 때 앉아서 뚝딱 하면 한 꼭지 완성,
카페에서 노트북 펴놓고 된장녀 놀이하면 또 한 꼭지 완성.

남이 하면 불륜, 내가 하면 로맨스.
남이 하는 일은 쉬워 보이고, 내가 하면 마냥 어렵다.

그게 뭐든.

가끔 남들이 내놓는 찬란한 결과물에
시기, 질투, 부러움이 느껴질 때 이런 생각을 한다.
그들도 부적을 쓰는 남자 앞에 혼자 앉아 있었던 나처럼
막막하고 불안하고 다 때려치우고 싶을 때가 있었겠지?

얼마 전 한 예능프로그램에서
오랜 공백 끝에 복귀한 탤런트 이본이
몸매 유지 비결을 묻는 질문에
이렇게 대답했다.

"9년 6개월 동안 저녁 6시 이후에 뭘 먹은 적이 없어요.
단 한 번도."

세상에 쉬운 일은 없다.

계속 길 위에 서 있다면, 됐다

"절망도 희망도 없이 매일매일 조금씩 쓴다."

최고의 단편소설 작가로 불리는,
수많은 문청들의 가슴을 뛰게 한,
하지만 살아생전에는 그렇게 유명하지도 않았고
지난하게 알코올중독과 씨름했던,
소설가 레이먼드 카버는 말했다.

사실, 이거밖에는…… 답이 없다.
글을 쓰건, 춤을 추건, 요리를 하건
매일매일 조금씩, 하지만 포기하지 않고
계.속. 하는 것밖에는.

대박 따위 바라니까 쉽게 절망하고 포기한다.
뭘 한 게 있다고 대박이냐.
그냥…… 계속 길 위에 있는 것만으로,
가끔씩 바람에 밀려 뒷걸음질도 치지만
어쨌거나 계속 길 위에 있는 것만으로…… 됐다.
일희일비하지 않겠다.

오늘 마침……
한 선배님이 이 네 글자를 문자로 보내셨다.

도광양회韜光養晦.
자신의 재능을 밖으로 드러내지 않고 인내하면서 기다린다.

난 이렇게 답문했다.
"네, 알겠습니다!
제가 한자는 잘 몰라도 이 네 글자만큼은
단단히 새기겠습니다."

언제나 주연을 할 수는 없다

한 선배님의 부친상에 갔다가
한때 '한국의 제임스 딘'이라 불리며 시대를 풍미했던,
정제되지 않은 반항아적 이미지로
수많은 청춘물의 주연을 독차지했던,
이제는 아버지나 대하드라마의 장수 역으로 TV에서 볼 수 있는
'중견 배우'를 봤다.

그는 옆 테이블에 앉아 육개장을 너무나 맛있게 먹었다.
어렸을 때 봤던 그의 반항아적 이미지와
육개장을 후루룩 쩝쩝, 먹고 있는 후덕한 중년 남자의 모습이
영화의 한 장면처럼 오버랩됐고,
난 그만 그가 밥 먹는 모습을 뚫어지게 쳐다봤다.

그는 불쾌해하는 대신 사람 좋게 웃으며 말했다.
"뭘 그렇게 쳐다봐요?"
그제야 나는 정신을 차리고 내 몫의 육개장을 먹었다.

'화양연화花樣年華'라는 말이 있다.
인생의 가장 빛나는 순간.

평범한 조문객들 사이에 섞여앉아
육개장을 먹던 그 중견 배우는

인생의 '화양연화'에 대해 생각하게 했다.

그는 정점을 한참 벗어나 있다.
누구든 그렇게 생각한다면 인생의 내리막길을 걷게 될 뿐이다.
후배들을 모아놓고 하릴없이 무용담이나 늘어놓으면서.

하지만 '화양연화'가
자신의 인생에 온전히 집중할 수 있는 순간이라면
아마도 화양연화는 지금, 이 순간일 것이다.

인생은 길다.
언제까지나 주연을 할 수는 없다.

누구나 '제일 예뻤을 때'가 있다.
물리적으로 나는 그 시절로 돌아가지 못할 것이다.
하지만 20대 때보다 지금이 더 좋다.
조금 더 겸손하게 되었고,
조금 더 삶에 감사하게 되었다.
그리고 조금 더, 나 자신을 사랑하게 되었다.

인생의 화양연화는 '지금'이라고 생각한다.
나에게도, 육개장을 먹던 그 중견 배우에게도.

자신의 길에서 역사를 만들기

냉면을 좋아한다.
먹으면 먹을수록 중독되는 평양냉면.
무심한 것 같으면서 속 깊은 사람처럼
심심한 것 같으면서 그윽하고 담백한 육수와
전분을 거의 넣지 않아 씹으면 뚝뚝 끊어지는 메밀면.

평양냉면으로 유명한 을지로 '우래옥'은
홀매니저가 83세 할아버지다.
올해2015로 입사 54년차 김지억 전무님.
언제나 1층 홀을
하얀 와이셔츠에 양복바지 차림으로 지키고 계신다.

한평생 우래옥이라는 한 직장에서 근무하시다 보니
'평양냉면 역사의 산증인'으로 종종 인터뷰를 하시곤 한다.

한번은 〈한겨레신문〉에 크게 인터뷰가 실렸기에
신문에서 봤다고 인사를 드렸더니,
너스레를 떨며 이렇게 말씀하셨다.
"〈여성중앙〉은 못 봤어요? 거기 더 크게 나왔는데. 허허!"

나도 질세라 너스레를 떨며
"전무님, 완전 연예인이시네요! 사진 한 장 같이 찍어요!" 했더니,

급히 양복 재킷을 입으며 말씀하셨다.

"잠깐만요. 우아기 좀 입구요.
사진을 찍으려면 우아기를 입어야지."

그 짧은 시간에 재킷을 차려입고 거울까지 보신 전무님은
2층으로 올라가는 계단 앞에 자리를 잡으셨다.
나란히 서서 사진을 찍는데
전무님이 사진을 찍는 직원에게 큰 소리로 말씀하셨다.
"잘 찍으라우! 뒤에 계단도 나오게 잘 찍으라우!"

이제는 귀도 잘 들리지 않는 83세의 노인,
하지만 홀에서 일어나는 모든 일에
최선을 다하는 그의 모습에서,
사진 한 장 찍자는데 급히 재킷을 입고 거울까지 보는
평생 '현역' 매니저의 모습에서
역시 프로는 다르다는 생각을 했다.

『부자 아빠의 젊어서 은퇴하기』라는 책이
베스트셀러였던 시절이 있었다.
그때 한 선배가 말했다.
"아무리 돈이 많더라도 일찍 은퇴하면 뭐하나?

나는 계속 일하고 싶은데."

오래오래 '현역'으로 일할 수 있는 것,
자신의 길 안에서 역사를 만들어갈 수 있는 것,
축복이다.

← 7년

김혜자의 신발 끄는 소리가 좋다

이 영화를 본 이유는
존경하는 배우 김혜자 때문이다.

아무도 없는 풀밭에서 혼자 덩그러니 춤을 추는
〈마더〉의 첫 장면은
한국 영화사에서 가장 위대한 장면이 아닐까,
감히 생각한다.

영화 홍보를 위해 예능프로그램에까지 출연한
대배우를 보면서,
빨리 스크린에서 그녀를 보고 싶은 마음에 조바심이 났다.

오늘 〈개를 훔치는 완벽한 방법〉을 보며
몇 번이나 절로 탄성을 쏟아내고 말았다.
쏟아지는 대사 대신(이 영화에서 그녀의 대사는 많지 않다)
눈빛과 얼굴 근육의 미세한 움직임으로
그녀는 내면화된 슬픔과 상실감을 스크린 밖으로 전했다.

소설가 윤대녕은 이런 제목의 산문을 썼었다.
'김혜자의 신발 끄는 소리'.
김혜자라는 배우는
신발 끄는 소리 하나로도 감정을 전달한다는 것이다.

이번 영화에서도 김혜자는 디테일의 극치를 보여준다.
자신의 분신 같은 개를 잃어버린 후,
화장기 전혀 없는 얼굴에 일어나는 경련은
김혜자가 아니면 아무도 표현할 수 없는 것이다.

소설가 이장욱은 배우 변희봉을 소재로
단편소설 「변희봉」을 썼다.
손에 꼽을 수 있는 아름다운 단편이다.
「김혜자」는 내가 쓰고 싶다.

소설 「김혜자」를 쓰기 전
오늘의 이 미약한 리뷰는 그녀를 향한 내 헌시다.

"행복하십니까?" 묻는 이들에게

Manhattan, New York

택시를 탔다.
드라이버는 심심했는지 말을 시키며,
자기는 10년 전에 모로코에서 왔다고 했다.
가족들은 모로코에 있어서
1년에 한 번씩은 모로코에 간다고 했다.

난 딱히 할 말이 없어서 미국 생활의 어떤 점이 좋으냐고 물었다.
그는 고개를 갸우뚱하더니,
뉴욕에서도 모로코 음식을 쉽게 살 수 있고,
모로코 사람들이 많이 살아서 외롭지 않은 점이 좋다고 했다.

억양이며 어휘며, 그는 영어가 많이 서툴렀다.
그는 백미러로 날 힐끗힐끗 쳐다보더니
좋은 점보다는 힘든 점이 많다며 서툰 영어로 하소연을 시작했다.

뉴욕에서 택시를 몰려면 '메달리온medallion'이라 불리는
라이선스가 있어야 한다고,
그걸 사려면 50만 달러약 5억 5천만 원가 훨씬 넘는
천문학적인 금액이 들기 때문에 임대를 했는데,
매주 500달러약 55만 원를 내야 한다고 했다.

그 물가 비싼 뉴욕에서 아파트 월세 내고

임대료로 매주 500달러까지 내고 나면
남는 것도 없을 것 같았다.
교통체증만큼이나 갑갑한 그의 하소연은 계속됐다.

아파서 쉬더라도 매주 500달러를 내야 해서 쉬지도 못하고,
하루에 10~15시간씩 운전을 한다고 했다.
그는 깊은 한숨을 쉬며 말했다.
"Life is hard."

언젠가 서울에서 택시를 탔는데
기사님은 귀와 차가 같이 터질 듯이 큰 소리로
끈적끈적한 트로트 메들리를 듣고 있었다.

신호에 걸렸을 때,
갑자기 볼륨을 확 줄이더니
아저씨는 뒤를 돌아보며 말했다.
"아가씨는 행복하십니까?"

난 뭐라 할 말이 없어서 애매하게 대답했다.
"그게…… 뭐…… 그렇죠 뭐."
"좋겠습니다. 저는 사는 게 너무 힘이 듭니다.
이렇게 노래를 듣는 거밖에는 별 낙이 없네요.

시끄러워도 좀 참으세요."

모로코 출신 드라이버와
끈적끈적한 트로트를 듣던 기사님이 오버랩됐다.

"Are you Happy?"라는 질문에
1초도 망설이지 않고 활짝 웃으며
"Yes, I am!"이라고 대답할 수 있는 사람은
얼마나 될까?

맥주맛 모르고 맥주 팔면 안 된다

100세 시대, 퇴직 후의 삶은 만만치 않다.

한 대기업 계열의 보험회사에 입사해서
상무까지 하다가 퇴직했지만,
여유롭지 못한 생활을 하고 있는 누군가를 알고 있다.

그는 30년 가까이 회사생활을 했지만,
단 한 건의 보험도 들지 않았다고 한다.
(일반적인 보험회사의 관행으로 볼 때,
어떻게 그런 일이 가능했는지는 모르겠다.
영업직이 아닌 지원 부문이었다 할지라도.)
그는 업무와 관계없는 사람들을 만날 때마다
부끄러움 없이 말했다.
"보험은 사기다."

퇴직 후 그는 동업 등의 형식으로
몇 번에 걸쳐 사업에 도전했으나,
다 망하고 말았다.

당연한 결과다.
회사 다닐 때와 같은 마인드로 뭔가를 팔았다면,
망할 수밖에 없다.

몇 년 전, 울산에서 새로 생긴 일본라멘집에 간 적이 있다.
새로 생겨서 그런지 사람이 거의 없었다.
친구와 나는 뜨거운 돈코쓰라멘과 시원한 생맥주를 시켰다.
(뜨거운 라멘과 차가운 맥주의 궁합은 환상이다.)

라멘이 나오기 전에,
직장생활을 그만둔 지 얼마 안 된 것 같은
와이셔츠에 양복바지 차림의 50대 주인이
생맥주 두 잔을 들고 왔다.

언뜻 보기에도 거품이 거의 없는 게 김이 빠져 보였다.
한 모금 마셔보니 맥주의 상태가 살짝 간 것 같았다.
김이 다 빠진 데다 시큼한 맛이 났다.

"사장님, 맥주맛이 이상해요."
범생이 스타일의 점잖은 주인은 정중하게 말했다.
"제가 한번 마셔보겠습니다."

생맥주기계에 가서 맥주를 잔의 4분의 1쯤 따르고
한 모금을 마신 그는 곤란한 표정으로 우리에게 다가왔다.
"저, 저, 이게 맛이 이상한 건가요?
제가 술을 하지 않아서 맛을 모르겠습니다."

자기가 잘 모르는 건,
확신이 없는 건,
팔면 안 된다.
양심과 직업윤리를 떠나서,
그러면 안 팔린다.

하다하다 안 되면 첫차를 타기

Chicago, Illinois

어제 새벽 6시에 집에서 나와
딱 22시간 만에 호텔에 도착했다.

'떡실신' 상태에서 벗어나니
시차 때문에 잠이 오지 않았다.
새벽 4시,
곧, 해가 뜰 것이다.

〈첫차〉라는 노래를 좋아한다.
창법 자체가 참 시원한 데다,
지금 당장 뭐든 새로 시작할 수 있을 것 같은
짜릿한 쾌감을 준다.

"첫차에 몸을 싣고 떠나갑니다.
당신을 멀리멀리~"

미국의 언니오빠들은 이 말을 참 좋아한다.
"All Set!"
다 됐다, 모든 절차가 다 끝났다, 이제 완료! 이런 말.
뭘 사고 카드를 긁어도 이렇게 말한다.
"All Set!"
다 됐어, 이제 네 거야!

이 말을 들을 때마다 이런 생각을 한다.
"All Re-Set!"이면 좋겠다.
다시 처음부터 시작할 수 있다면.
안 되는 걸 알기에 더더욱.

하다하다 안 되면,
첫차를 타고 떠나는 것이다.
당신을 멀리멀리~.

어떤 상황에서도 나를 존중하기

"소란을 피워 죄송합니다."

'땅콩 리턴' 현장에서
오너 따님 또는 공주님에게 쫓겨나던 사무장이
1등석 손님에게 이렇게 인사를 하고 내렸다고 한다.
무릎을 꿇고 감당하기 힘든 모욕을 당한 채
결국 비행기를 돌려 쫓겨나던 그 패닉 속에서.

"고생한 만큼 인정도 못 받는데
혼자 개고생하지 말고 몸 생각하며 살살 해라."
이런 충고를 들은 적 있다.

웃으며 들었지만
속으로 스크래치가 짝짝 일렬로 나다가
그것들이 다시 엉키면서
폭음한 다음 날의 장처럼 꼬였다.

누가 알아주지 않을 수도 있고,
누가 폄하하고 다닐 수도 있고,
누가 네거티브를 뿜을 수도 있다.

뭐, 괜찮다.

제일 중요한 건,
스스로를 향한 자존감에 생채기가 나지 말아야 한다.

쫓겨나는 상황에서도 고객 서비스를 잊지 않는 건,
실컷 고생하고 욕을 먹더라도 웃을 수 있는 건,
스스로를 존경하는 사람만이 할 수 있는 일이다.
Respect Myself!

핑계 대지 말고 기본에 충실하기

공부 못하는 애들은 공부를 하겠다고 결심하면
일단, 책상부터 바꾸고 본다.
안 되면 스탠드라도 하나 산다.

매번 다이어트에 실패하는 사람들은 다이어트를 결심하면
일단, 바가지부터 쓰고 본다.
허×라이프 12개월 무이자 결제,
바×프랑스 전신 30회 쿠폰 구매,
살 빼는 한약 한 달 치 60만 원……
일단 지르고, 즉각 포기. 남 좋은 일만 시킨다.

카메라 좋은 거 쓴다고 사진 잘 찍는 거 아니고,
노트북 좋은 거 쓴다고 글이 잘 써지지 않는다.
당연하다.
하지만 늘 연장 핑계를 댄다.
나한테 그것만 있으면 지구를 평정한다!

주말에 박찬일 셰프가 하는 '몽로'에 갔었는데
생맥주가 그렇게 맛있을 수 없었다.
그냥 싼 국산 '맥스'인데도.

아무리 좋은 맥주라도 생맥주는 관리를 잘 안 하거나,

손님 없어서 통을 방치해두면
눅눅하고 김빠지고 미지근하다.

"맥주가 왜 이렇게 맛있어요?"
셰프님은 무심한 표정으로 말씀하셨다.
"철저하게 관리합니다. 깨끗하게."

자고로, 예쁜 여자는
하얀 티에 청바지만 입어도 예쁜 것이다.

나는 드디어 내가 되었다

"소설 쓰는 김영하입니다."
"사진가 ○○○입니다."
"디자이너 ○○○입니다."

난 이런 심플한 자기소개가 참 좋아.
더 이상 명확할 수 없잖아.
게다가 언뜻 겸손해 보이지만
500년 된 나무처럼 견고한 자아가 느껴져.

다시 김영하를 예로 들어 그의 문장을 보면,
'소설'이 김영하의 정체성이기도 하지만,
'김영하'가 소설의 세계를 창조하는 주체인 거지.
멋지지 않아?

게다가 "김영하라고 합니다"가 아니라
"김영하입니다" 이게 좋아.

난 지나친 겸양이 싫어.
그래서 일본어를 잘 못하나 봐.

난 이렇게 나를 소개하는 사람이 되고 싶어.
"○○○를 사랑하는 성수선입니다."

우리의 이름엔 아무런 수식어나 설명이 필요치 않아.
우리의 이름은 대명사도 상호도 아닌, 하나뿐인 고유명사야.

피카소가 말했지.
"난 드디어 피카소가 되었다."

우린 드디어…… 우리가 되는 거야.

진부하게 최선 다하기

"내가 얼마나 부잔지 알아?
얼마 전에 속초 시내 한복판에 3층짜리 집을 지었어.
그뿐이야? 저기 보이는 그랜저, 저게 우리 차야.
그런데 그럼 뭐하겠어?
밤에 팔이 아파서 잠이 안 와.
이제 몇 년 더 있으면 팔을 아예 못 쓸 거야."

언젠가 속초에 여행을 갔을 때,
대포항에서 회 뜨는 아주머니가 칼질을 하며 말씀하셨다.

그 아주머니는 돈을 정말 많이 벌 것 같았다.
남편이 선장이니 재료비는 거의 공짜고,
대포항에 쭈욱 들어선 어판장 한복판이라 목도 좋고,
무엇보다 하루종일 칼질을 하느라 돈 쓸 시간이 없을 듯했다.

우린 그 '부자' 아주머니에게 회를 받아서
쌈장값을 3천 원쯤 내고 앉아 소주를 마셨다.
회는 신선하고 맛있었지만,
'쓰끼다시'가 전혀 없다 보니 살짝 느끼했다.
소주 한 잔, 회 한 점, 회 한 점, 소주 한 잔……
이 변주 없는 반복이 좀 지루했다.
게다가 자꾸 아주머니의 팔에 눈이 가서

음주에 집중을 할 수가 없었다.
도대체 얼마나 아플까?
발레리나 강수진의 발보다 그 아주머니의 팔이 더 짠했다.

아직도 가끔,
그 아주머니의 팔이 생각난다.
난 얼마나 정직하게 몸을 움직여 살고 있는가.
소파에 기대앉아 캔맥주나 마시며
세상 탓이나 하고 있는 건 아닌가.
노력에 비해 더 많은 인정을 갈구하고 있는 건 아닌가.
최소한, 정말 최소한 뒷북치는 먹물만은 되지 말자.
이런 생각을 하게 된다.

그 아주머니는 광어 한 접시를 팔았을 뿐인데,
어쩌다 보니 인생의 멘토 비슷한 게 돼버렸다.

내 인생의 칼질,
나도 팔을 못 쓸 만큼 한번 제대로 해보고 싶다.
칼 핑계 대지 말고 아무런 변명 없이.
진부한 말이지만,
최선을 다해서.

흔들리지 않는 한두 개의 원칙

"어른이 된 이후 항상 5~6파운드3킬로그램 미만 변화 안에서
체중을 유지해왔어요."
한 60대 백인 남자가 무척 자랑스럽게 말했다.

언뜻 미국인들은 매우 개방적이고 자유분방할 것 같지만,
중년 이상의 중산층 백인들을 보면
아주 보수적이고 스스로에게 엄격한 사람들이 많다.

스스로 정한 규칙,
스스로를 통제하기 위한 가이드라인,
스스로에게 지시하는 행동강령이 있는 사람들을
가끔보다 자주 보게 된다.

이를테면 이런……
- 커피는 아침에 한 잔만 마신다.
- 탄산음료를 마시지 않는다.
- 담배는 하루에 ○개비만 피운다(시간이 정해진 경우도 있음).
- 저녁 ○시 이후에는 먹지 않는다.
- 와인은 ○잔 이상 마시지 않는다.

사실 좀 갑갑하고 쪼잔해 보이기는 하지만
스스로에 대한 규칙, 원칙이 있는 게 좋아 보인다.

예전에 모 탤런트와 함께 교회 수련회에 다녀온 친구가
'졌다!'는 표정으로 말했다.
"장난 아니야.
시골 학교 교실에서 몇십 명이 같이 자는데,
윗몸일으키기 몇백 개 하고 팩 붙이고 자."

기분에 따라, 날씨에 따라 쉽게 흔들리거나 무너지지 않는
한두 개의 원칙이 필요하다.
특히, 밤에 먹지 않는 결단!

모내기를 하듯 시간을 심자

"만약 선택할 수 있다면,
넌 주연 커버를 하고 싶어,
아님 매일매일 공연하는 조연을 하고 싶어?"

언젠가 뮤지컬을 보고 나오면서 친구에게 물었다.
마침 그날 뮤지컬 공연은 남자주인공이 아파서
커버(cover, 긴급상황에 대비해서 대체 투입을 준비해온 배우)가
주연으로 데뷔했다. 그의 데뷔는 멋졌고,
오리지널 캐스팅을 능가한다는 호평을 받았다.

친구는 한참 생각하더니 말했다.
"음…… 주연 커버.
언제 공연할 수 있을지,
정말 기회가 오긴 올지 알 수는 없지만
그래도 기회가 오면 대박이잖아. 오늘 주연처럼.
너는?"

난 그닥 망설이지 않고 말했다.
"난 매일 공연하는 조연. 매일매일 노래할 수 있잖아."

난 '대박'을 기다리지 않는다.
그런 게 있다 해도 내 차례까지 언제 오겠나.

그냥 매일매일 뭔가를 꾸준히 하고 싶다.
급격한 다이어트 후에 요요가 오는 것처럼,
갑자기 찾아온 대박 뒤엔 슬럼프가 올 것 같다.

믿을 수 있는 건
나의 알량한 재능보다 노력이고,
모내기 하듯이 시간을 심을 뿐이다.

무엇보다 가장 큰 재능은
버티는 것,
그리고 스스로를 믿는 것.

내가 버티는 힘 한 가지

어디에 있어도,
아무리 피곤해도,
술을 마셔도 감기약을 먹어도,
아무리 바빠도,
'멘붕'이 황사처럼 에워싸도…….

먹고사는 일과 하등 관계가 없는 글을
몇 페이지라도 읽으려고 노력했다.
매일매일 녹즙을 마시거나 맨손체조를 하는 사람들처럼
그렇게 해왔다.

그게 내가 '버티는 힘'이다.

← 7년
요가

일상이란 '통증' 같은 것

"너만큼 인물이 좋은 사람은 많다.
너만큼 글을 잘 쓰는 사람도 많다.
하지만 너는……
선의를 갖고 태어났다.
그건 아주 드문 일이야."

이제 지팡이가 없으면 잘 걷지도 못하시는
나의 은사님께서 말씀하셨어.
온전히 집중하시느라 입도 대지 않은 차는 다 식어버렸어.

선생님은 계속 말씀하셨어.
"너는 선의로 세상을 대한다.
상처 받고 손해 보는 일들도 많겠지만……
너는 너의 선의를 지킬 책임이 있다."

어떤 막강한 부적처럼, 수호신처럼,
이 말이 나를…… 지켜주고 있어.

내가 제일 좋아하는, 그리고 닮고 싶은 작가는
레이먼드 카버야.
그는 미국을 대표하는 단편소설 작가야.
그에게 한 문학잡지 기자가 물었어.

"단편을 고집하는 이유는 무엇인지요?"

카버는 멋있는 대답 대신
솔직해도 너무나 솔직한 대답을 했어.
"돈이 돌아야 합니다.
몇 년간 꼼짝 않고 장편을 쓰고, 그 장편이 팔려서
돈을 받기까지 기다릴 시간이 없습니다."

그는 늘 '파산'을 두려워하던 가난한 작가였고,
지독한 알코올중독자였고,
결국 간암으로 죽고 말았어.

하지만 그는 정말 찬란한 작품들을 남겼어.
그는 한 번도 '성공한' 사람에 대해서 쓰지 않았어.
(그런 사람들은 굳이 작가가 힘들여 쓰지 않아도
대필작가들이 영웅을 만들어주잖아.)

그는 현대 사회에서 '루저'라고 불리는 사람들에 대해 썼어.
그들의 사소한 동작 하나,
돌이킬 수 없는 삶의 균열,
비극적인 상황에서도 배가 고파오는 아이러니,
평소 무시하던 누군가를 이해하게 될 때의 경외심,

취한 몸을 이끌고 춤을 출 때의 어그러진 리듬,
이런…….

아파서 병원에 갔을 때,
"어디가 어떻게 아프십니까?"라는 의사의 질문에
제대로 대답을 할 수 있는 사람은 많지 않아.
자기 자신의 통증이고 모국어인데도 말이야.
대부분이 이렇게 피상적으로 말하지.
"머리가 깨질 것처럼 아파요."
"배가 아파서 죽을 것 같아요."

난 가끔 이런 생각을 해.
우리의 '일상'이란 건 구체적으로 표현할 수 없는
통증 같은 게 아닐까 하는.
매일매일 악을 쓰며 살아내면서도
딱부러지게 설명할 수 없는.

난 '일상의 비의'에 대해 쓰는 사람이고 싶어.
누군가 읽으면서 "그래, 그래, 이거였어!" 하고 무릎을 탁 치는.

은사님의 말씀대로 내가 정말 선의를 갖고 태어났고,
글을 쓸 수 있는 약간의 재능이 있다면,

이게 바로 내 역할이 아닐까…… 감히 생각해.

그래서 오늘도 나는, 당신을 봅니다.

I see you!

작가에게는 '일상'도 작품

전업작가를 만났던 적이 있다.
음…… 여기서 '만났다'는 말은
요즘 말로 '썸탔다' 뭐 이런 의미.

그 남자를 만나면서 가장 큰 문제점은
'주말 개념'이 없다는 거였다.
난 주말을 손꼽아 기다리는 회사원인데,
어딘가에 소속되어서 일해본 적이 없는 그는
평일이나 주말이나 그냥 똑같은 날이었다.
게다가 회사원의 시선으로 볼 때
그는 무척, 게을렀다.
하루종~일 빈둥거릴 때도 많았다.

한번은 그가 씩 웃으며 말했다.
"리모컨 찾기가 귀찮아서 하루종일 같은 채널을 봤어."
한심하게 쳐다보는 나에게 그는 자랑스럽게 말했다.
"그렇게 쳐다보지 마.
작가에게는 말이야, 버리는 시간이 없는 거야.
하루종일 TV 본 얘기로 칼럼 썼어.
그 신문 칼럼료는 좀 되거든.
감자탕 먹을래?"

그가 한 예능프로그램에 대해 쓴 칼럼료로
우리는 '처음처럼' 로고가 들어간 앞치마를 하고 앉아
뼈다귀를 뜯었다.
서로 고기는 발라주지 않았다.

가끔씩 그의 말이 생각난다.
'작가에게는 버리는 시간이 없는 거야.'

음, 그 말이 진짜인지는 아직 모르겠으나
뭐든 넣고 비비면 되는 비빔밥처럼
뭐든 글을 쓰는 소재가 되는 건 사실이다.
버리는 시간은 없다고 말한 남자에 대해서도 쓸 수 있듯이.

생산성에 대한 강박을 좀 버리자, 라고
생각해보는 토요일 밤이다.

짬뽕 한 그릇도 소설이 된다

뭔가, 한 방 맞은 기분이다.

제주 서귀포에 오래되고 유명한 중국집이 있다.
이름하여 '덕성원'.

서귀포 사람들이 졸업식이나 입학식 같은 좋은 일이 있을 때면
가족 단위로 가서 먹는 추억의 저장소 같은 중국집.

지난 제주 여행 때 덕성원에 갔었다.
지희와 나는 꽃게짬뽕 한 그릇과
제주산 돼지로 만든 쫄깃쫄깃한 탕수육을
아주 맛있게, 극찬을 거듭하며 먹었다.

오늘도 덕성원 얘기를 했다.
"그 집 탕수육 너무 맛있지 않았어?"

그리고 방금,
일요일 밤의 패닉 속에서
김연수의 단편을 한 편 읽고 잠을 청할 생각으로
「사월의 미, 칠월의 솔」을 읽었다.

세상에!

소설의 배경이 서귀포 '덕성원'이다.
주인공은 슬픔 속에서 고개를 숙인 채 짬뽕을 먹고,
앞에 앉은 아이는 그녀의 정수리를 뚫어지게 바라본다.
그 아이가 어른이 되어서
주인공을 다시 만나는 곳도 덕성원이다.
"그때 그 짬뽕맛이 나려나 모르겠어요."

아, 아, 아…….
똑같은 중국집에 다녀와서
누구는 그 집 탕수육은 정말 맛있다는 타령을 하고,
누구는 이렇게 아름다운 소설을 쓰는구나!
정말, 놀랍게도, 서정적이고 아름다운 소설이다.

다음 날 친구에게 호들갑을 떨며 이 얘기를 했더니
이런 명쾌한 대답이 돌아왔다.

"그러니까 너는 미식가고, 김연수는 소설가지."

좋은 일인지 나쁜 일인지 헛갈릴 때

어떤 소식 또는 통보,
누군가의 결정을 들었을 때,
그게 좋은 소식인지 그렇지 않은 건지 헛갈릴 때가 있다.

그래서 가끔 우리는 이렇게 묻는다.
"그러니까…… 좋은 거죠?"

오늘 편의점에 갔다가 '꼬꼬면'을 봤다.
한때 없어서 못 팔던,
유통업체들이 서로 달라고 아우성을 쳤던,
시장점유율이 잠깐 20퍼센트가 넘었던 신데렐라 꼬꼬면은……
지금은 거의 안 팔린다.
시장점유율 1퍼센트 이하 군소 라면.

꼬꼬면이 없어서 못 팔 때, 팔도는 생산 시설을 증설했다.
신문 기사에 따르면,
당시 투자비가 2천억 원 수준이었다고 하던데……
라면 같은 저가 제품을 팔아서 2천억 원을 회수하려면
도대체 라면을 몇 개나 팔아야 하는 걸까?
감가상각은 또 언제 끝나는 걸까?
꼬꼬면이 초기에 그렇게 잘 팔렸던 건
결과적으로 좋은 소식일까, 나쁜 소식일까?

'새옹지마'라고 했다.
요즘 내가 어떤 일로 극심한 스트레스를 받고 있다.
시간이 훌쩍 지난 후 생각할 때,
내가 지금 겪고 있는 일은
좋은 소식일까, 나쁜 소식일까?

인생을 망치는 충고에 속지 말 것

인생을 망치는 충고(?)들이 있다.
세균과 같아서 번식이 빠르고
암과 같아서 다른 조직까지 급속히 파괴시킨다.

이런 충고의 근저에는
부러움 또는 콤플렉스가 깔려 있다.
그리하여 상대방의 균열을 부추긴다.

"돈 잘 버는 남자랑 살면 뭐해?
너한테 쓰는 돈이 아깝대?"
"너네 회사는 왜 그 모양이야?
차라리 때려치우는 게 낫겠다. 그런 대우를 받고 다니느니."
"누가 니 욕하고 다니더라.
내가 조심하라고 그랬지?"

자고로, 좋은 충고는
증오와 피해의식, 자학을 부추기지 않는다.

내가 못 가진 걸 네가 가졌다는 걸 참을 수 없으니
상대방이 손에 쥔 달걀을 스스로 깨버리게
손아귀에 힘을 주도록 조장하는 것,
그것이 바로 인생을 망치는 충고다.

좋은 충고는, 그걸 듣고
내가 더 좋은 사람이 되고 있다는 확신이 들게 한다.
더 나은 사람이 되려고 나도 모르게 노력하게 한다.
유사상표에 속지 맙시다!

세상에 쉬운 일은 없다

어느 저녁,
친구의 친구인 시나리오작가가 하는
실내포차에 들렀다.
그의 장르는 '스릴러'이고
아직 '입봉'은 하지 못했다고 했다.

친구가 화장실에 갔을 때,
난 그와 뭔가 대화를 해야 할 거 같아서 이렇게 물었다.
"사람이 많이 죽나요?"

그는 어깨를 으쓱하며 말했다.
"연쇄살인이 소재지만,
인간의 존엄성이 주제입니다."

난 눈을 껌뻑하며 말했다.
"네, 그래서 사람이……."
그때 다른 손님이 그를 호출했다.
"다음에 또 얘기하시죠."

시나리오는 많고,
제작되는 영화는 드물고,
개봉되는 영화는 손가락으로 꼽는다.

세상에 쉬운 일이 없다.

연탄돼지구이가 맛있었다.
새해에는 그가 꼭 '입봉'하기를 바란다.

울음도 웃음도 마음대로 안 된다

울음의 주도권은 울음이 쥐고 있었다.
_ 김연수, 「다만 한 사람을 기억하네」 중에서

울음을 그치는 것도,
웃음을 그치는 것도,
마음대로 되지 않는다.

얼마 전, 한 아침 방송에서
진행자인 현직 아나운서가 웃음을 참지 못해
빵빵한 타이어처럼 입에 공기를 잔뜩 넣고
카메라가 다른 데를 비추길
간절히 기다리고 있었다.

울음을 그치는 것도,
웃음을 그치는 것도,
쉽지 않다.

그리고 가끔,
그 하찮음에
다시 울고 또, 웃게 된다.

← 7년

← 7년

4장 당신의 위로가 필요한 사람이 바로 옆에 있어요

안녕
안녕
안녕
안녕

대화 #4 토요일 늦은 아침, 중국집

수선 : (짬뽕 국물로 해장을 하며)

내가 만약, 체질상 술을 한 방울도 못 마시는 그런 여자였다면,
술 마시는 시간에 공부나 뭐 다른 걸 했다면,
난 정말 훌륭한 사람이 됐을 거야.

후배 : (후루룩, 짬뽕 면발을 빨아들이며)

언니는 더 이상 훌륭한 사람이 될 수 없어.

수선 : (갈증이 나 물을 벌컥벌컥 들이켜며)

고마워. 근데 좀 쳐다보고 말해라.
왜 말에 영혼이 없냐?

후배 : (야무지게 단무지를 씹으며)

'지구는 둥글다' 같은 명제랑 같은 말인데 뭐.
진실을 말할 땐 억양이 없는 거야.

수선 : 그니까, 계속 마셔도 된다는 말이지?

점심시간이 지난 식당에서

Cleveland, Ohio

점심시간, 즉 12시에서 1시 30분 즈음의
거의 모든 식당은 만원이다.

식당 주인들은 반강제적으로 손님들을 합석시키기도 하고,
큰 소리로 "여기 이제 자리 나요!" 외치며
빨리 먹고 나갈 것을 종용하기도 한다.

이런 시간에 혼자 들어가서 밥을 먹는 것은
대부분의 사람들에게 쉽지 않은 일이다.
돈을 내고도 천덕꾸러기가 되는 마법의 시간.

북적거리는 점심시간이 지나고
목줄을 맨 직장인들이 이를 후비며 일터로 돌아가면
비로소 한가해진 허름한 식당에
혼자 밥을 먹는 사람들이 들어온다.

공복에 짜장면을 입이 터지게 밀어넣는 택배 기사,
편육 반 접시, 냉면 한 그릇에 소주 반 병을 시킨
이북 출신 노인,
갓 돌이 지난 아이를 안고 들어와서
왕만두 1인분을 시키는 초보 엄마,
순댓국밥 뚝배기를 기울여놓고

마지막 한 방울까지 다 먹는 공사장 인부.

점심시간이 지난 한가한 식당에서
혼자 밥을 먹는 사람들의 정경은
뭔가, 짠하다.
전세계가 다 그렇다.

점심시간이 지난 오하이오 어느 도시의 허름한 중국집에서
혼자서 밥을 먹는 엄청난 거구의 흑인 여자를 봤다.
족히 120~130킬로그램은 될 것 같았다.

그녀는 콜라를
얼음잔 가득 따라서 빨대를 꽂아 마시며,
정체 모를 소스로 범벅이 된 닭고기 요리를
흰 쌀밥에 얹어 먹고 있었다.

이상하게 그 풍경이
달력 속의 사진 또는 정물화처럼 익숙했다.
매일 그 시간에 그 자리에 앉아
콜라를 마시는 것처럼.

점심시간에 밀려든 손님들과 한판 전쟁을 치르고

늦은 점심을 먹으려는 종업원들이
주섬주섬 손님 대신 자신의 위에 들어갈 음식을 챙기고,
주방에서 나온 누군가는
작은 한숨을 쉬며 담배를 한 대 물기도 한다.

누군가는 습관적으로 탄산음료를 마시고,
누군가는 습관적으로 반주를 마시고,
누군가는 습관적으로 얼음물을 벌컥벌컥 마신다.

그리고…… 뭘 어떻게 해도
외로운 건 마찬가지다.

뭔가 계속 안 풀릴 때

'새옹지마'라는 말을 좋아한다.
그리고 가끔보다 자주 새옹지마의 사례들을 찾아
스스로를 다독거린다.
토닥토닥.

몇 년 전, 서울시립미술관에서 전시회가 열렸던 폴 고갱.
많은 사람들이 잘못 알고 있는 게 있다.

폴 고갱이 주식중개인 생활을
그림에 매진하기 위해 자의로 그만둔 것으로 아는데,
그건 자의가 아니었다.
그는 아이가 다섯 명이나 있는 한 가정의 가장이었다.

1882년에 프랑스 증권시장이 대폭락했다.
19세기 프랑스 역사에 있어서 최대의 경제위기였다.
이때, 4분의 1가량의 주식중개인들이 파산했다.
폴 고갱은 그중 한 명이었다.

폴 고갱은 비자발적 상황에 의해 '전업작가'가 되었으나,
그림은 돈벌이가 되지 않았고,
덴마크인 아내는 다섯 명의 아이들을 데리고
코펜하겐으로 떠났다.

2년 후 1884년,
가족들이 있는 코펜하겐으로 간 고갱은
타폴린 무역을 시작했다.
타폴린은 트럭을 덮는 방수천이다.

어떤 눈먼 덴마크 상인이 다혈질 프랑스인에게
프랑스산 와인도 아니고 향수도 아닌
프랑스산 타폴린을 사겠는가?
심지어 고갱은 덴마크말도 할 줄 몰랐다.

고갱은 6개월 만에 타폴린 사업을 홀라당 말아먹고
가족들을 떠나 파리로 돌아와서
전업작가의 길에 들어섰다.

만약, 고갱이 타폴린 사업에 성공했다면,
아니 망하지만 않았다면,
무역업계의 대선배로서 가족들을 부양하며
근근이 하루하루를 살았을지도 모른다.

태풍이라도 오면 배가 뜰까 걱정하고,
대금이 연체되면 밤잠 못 자고 독촉하고,
안 팔리면 재고가 쌓여가는 창고를 보며 한숨을 푹푹 쉬면서.

뭔가 계속 안 풀리는 일들에도
엉거주춤, 지지부진 흘러가는 시간에도
새옹지마적인 인과관계가 있다고 생각하면
왠지 좀 마음이 편해질 때가 있다.

이런 생각을 하며 스스로를 다독여본다.
새. 옹. 지. 마.

성장 중독에서 벗어나기

얼마 전,
우리말을 거의 못하는 교포(싱글 남자)와
저녁을 먹을 일이 있었다.

그다지 할 얘기도 없었지만
말은 해야 해서
팝송 가사 같은 유치찬란한 질문을 했다.
"Have you ever……?"
누군가를 정말 좋아해본 적이 있냐고.

그는 진지하게 고개를 끄덕이며 '있다'고 대답했다.
요약하자면,
- 3년간 사귀었고, 정말 좋아했고, 지금도 생각난다.
- 그녀는 안정적인 삶을 원했다.
- 하지만 자신은 더 성장하고 싶었다. 그녀와 계속 함께라면
  자신의 성장이 멈출 것 같았기에……
- 결국 그녀를 떠났다.

이 말은 사람에 따라 이해할 수도 있고, 못할 수도 있다.
그건 뭐, '입장 차이'일 뿐이다.
나는 전자다.
같은 이유로 헤어져본 적이 있으므로.

누군가를 좋아하지만,
그/그녀로 인해 삶이 정체될 것 같은 두려움.
어찌 보면 나는 아주 오랫동안
'성장 중독'을 앓아온 것 같다.
앞으로, 앞으로, 더 앞으로!

지구는 둥그니까 계속 앞으로 나가면
이 세상 친구들을 다 만날 수 있을 줄 알았는데…….
아이러니하게도
끝이 없는 레이스를 혼자 뛰는 기분.

오늘, 오랜 친구에게 이런 카톡을 보냈다.
"끝이 없는 레이스를 혼자 뛰는 기분이야."
친구는 곧 이런 친절한 답장을 보내왔다.
"거참, 술 땡기네."

마음 같아서는 펑펑 울고 싶은 날

이제야 퇴근.
몸은 심야버스, 마음은 소금밭이 아닌 가시밭.

마음 같아서는……
누군가를 불러내서 시원한 생맥주를 한잔 마시고 싶다.
번데기를 서비스로 주는 허름한 동네 치킨집에서.

마음 같아서는……
치킨이 나오기 전에 시원한 생맥주를 한잔 들이켜고
번데기를 밥숟가락으로 수북이 떠먹고 싶다.

마음 같아서는……
치킨이 나오기 전에
“사장님, 여기 번데기 더 주세요!”를
두세 번 목청 좋게 외치고 싶다.
그러면 번데기에 인색한 주인장이
날름 치킨을 튀겨 달려오겠지.

마음 같아서는……
생맥주에 소주를 좀 말고 싶다.

마음 같아서는……

포크 두 개로 치킨을 찢으며 예쁜 척하는 대신
두 손으로 잡고 며칠 굶은 듯이 게걸스럽게 치킨을 뜯고 싶다.

마음 같아서는……
마시고 뜯고, 마시고 뜯고,
느끼할 때 고춧가루를 푼 번데기를 한 숟가락씩 떠먹다가
제대로 안 닦은 테이블에 엎드려서 펑펑, 울고 싶다.

마음 같아서는……
주인장이 와서 "아가씨, 그만 마시는 게 좋겠네!" 그러면
"여기 후라이드 한 마리 더요!"로 응수하고 싶다.

마음 같아서는…….

천사는 분명히 있다

몇 년 전, 평일 오후의 정동 던킨도너츠.
그날 하루는 휴가였고,
난 어떤 좋지 못한 소식에
땅이 꺼져라 한숨을 쉬며 혼자 앉아 있었다.

통유리로 된 창가 테이블에 혼자 앉아서
앞머리를 날리며 위로 한숨을 쉬었다,
고개를 숙이며 밑으로 한숨을 쉬었다 하고 있는데
누군가 밖에서 창문을 톡톡 쳤다. 노크를 하듯이.

난 놀라서 고개를 들었다.
창밖에서 긴 머리를 단아하게 묶은 백발의 여자가
나를 보며 손을 흔들었다.

아는 사람인가?
몇 초간 그녀가 누군지 떠올리려 애를 써봤지만,
그녀는 결코 내가 아는 사람이 아니었다.

발레리나를 연상시키는, 연약해 보이지만 단련된 몸,
화장기 하나 없이도 아름다운 얼굴,
헐렁한 흰 셔츠에 절에서 공양주 보살님이 입는 법복 바지……
더 놀라운 건, 그녀 옆에는 수녀님이 서 계셨다.

노년의 오드리 헵번 같은 아름다운 그녀가
웃으며 내게 손을 흔들었고,
난 너무 당황해서 일단 목례를 한 번 하고
난처한 표정으로 손을 흔들었다.

그러자 그녀가 손으로
입꼬리를 추켜올리는 시늉을 하며 웃으라고 했다.
난 너무도 초현실적인 상황에 어리둥절해서
시키는 대로 입꼬리를 올리며 활짝 웃었다.

그러자 그녀는 안심했다는 듯이
고개를 끄덕이며 가던 길을 계속 갔고,
멍하니 길 건너편을 바라보며
그녀를 기다리던 수녀님도 발걸음을 서둘렀다.

그 기묘한 상황에서 한 번 웃고 나자,
이상하게도 나를 한숨짓게 했던 좋지 못한 소식이
별거 아닌 일로 느껴졌다.
충분히 내가 극복하고 감당할 수 있는, 딱 그 정도의 일.

지금도 나는,
백발의 그녀가 천사였다고 믿는다.

약국에서 팔아야 할 음악

뉴욕으로 가는 비행기에서
〈유희열의 스케치북〉을 보다가
양희은의 신곡 〈당신 생각〉을 듣고 뭉클, 했다.

아주 편안하면서도 서정적인,
누군가와 손을 잡고 듣고 싶은 듀엣곡.

좋은 걸 볼 때도, 맛있는 걸 먹을 때도, 아플 때도,
언제나 당신을 생각한다는,
당신이 있어 든든하고 고맙다는……
아주 보통의, 보편적 가사.

그런데 이 가사가 큰 울림을 주는 건
노래하는 이의 진심 때문일 것이다.

단언컨대, 이 노래를 아이돌이 불렀다면
이런 울림은 없었을 것이다.

사랑하는 이에게,
오랜 시간을 함께해준 내 사람에게,
마음 깊은 곳에서 감사함을 느낄 때에만
이런 울림이 가능할 듯.

'Music is my life.'
이 말은 노래 가사도 아니고,
뮤지션들만 할 수 있는 말도 아니다.
이 말은, 의도하지 않았더라도,
버스에서 택시에서 또는 지나가다가
라디오에서 나오는 노래를 듣고 한 번이라도
마음이 말랑해져본 적이 있는 사람이라면
누구에게나 해당되는 말이다.

음악은 언제나 어디서나 기습적으로
우리의 삶을 관통하고,
우리 모두는 알게 모르게 음악에 빚을 지고 있다.

언젠가 장필순의 새로운 앨범을 들은 후배가 이렇게 말했다.
"이 앨범은 약국에서 팔아도 될 것 같아요.
뭔가 치유가 되는 그런 느낌이에요."

오늘 비행기에서 〈당신 생각〉을 들으며
같은 생각을 했다.

따귀 맞은 영혼을 위로하며

"일을 왜 이렇게 해? 당신 이름이 뭐야? 명찰은 왜 안 달아?
(창구에 사진과 이름이 크게 붙어 있었다.)
내가 어디 가서 화내고 이러는 사람이 아닌데,
도저히 참지를 못하겠어.
찢으라면 내 앞에서 찢으라구!"

인천공항 ○○은행 출장소에 환전을 하려고 줄 서 있었는데,
바로 내 앞에 선 진상 고객님께서
신입사원처럼 보이는 앳된 여자 계장에게 마구 소리를 질렀다.
보아하니 상황은 이랬다.

1. 등산복을 입은 50대 여자 진상님은
   100만 원 넘는 금액을 환전했다.
2. 직원은 금액이 100만 원이 넘으면
   신분증을 복사해야 한다고 했다.
   (환전하면서 신분증을 복사하는 경우는 처음 봤는데,
   뭔가 이유가 있었던 듯. 현금이 아닌 카드를 주며
   인출해서 환전해달라고 했는데, 그 카드에 문제가 있었거나.)
3. 진상님은 개인정보 유출이 심각한 시대에 왜 복사를 하냐며
   마구 화를 내면서 자신이 보는 앞에서 당장 찢고,
   찢은 종이도 달라고 마구 소리를 지르심.
4. 그 옆에는 일행 아줌마도 있었는데, 그렇게 진상을 부리면

좀 말려야 하거늘 오히려 편을 들어 직원에게 훈수를 둠.

5. 직원은 이른 아침부터 당한 봉변에 거듭 '죄송하다'며
머리를 조아림.

진상님이 환전한 화폐와 찢어진 신분증 사본을 들고 돌아서자
내 차례가 되었다.
내가 다 미안해서 똑바로 쳐다보지를 못했다.
그녀는 애써 울음을 참고 있는 것 같았다.

그녀가 환전한 화폐와 영수증을 건넬 때,
난 주춤거리며 말했다.
"저기요…… 힘내세요."
그녀는 미소를 지으며 말했다.
"감사합니다."

따귀 맞은 영혼이
또다시 따귀를 날리는 현장은 언제나 참혹하다.

아침부터 소리소리 지르며 환전한 돈을
전대에 넣고 길을 떠난 등산복 차림의 그 아줌마는
어디에서 그렇게 환전한 돈을 던지며
관광객 행세를 했을까?

누군가를 혼자 좋아하는 심정

영화 〈미녀는 괴로워〉를 참 재밌게 봤다.
일본만화를 원작으로 한 진부한 소재의 로맨틱코미디였지만,
심지어 보다가 울기까지 했다.

여자주인공김아중은 전신성형으로 미녀가 된 후,
한 중국집 배달부에게 스토킹을 당한다.
몰래 쫓아와서 사진을 찍거나 훔쳐보거나.

그녀의 음반 프로듀서주진모가 현장을 급습해서
배달부의 멱살을 잡고 흔들자 그녀는 말리며 소리를 지른다.
"하지 마. 저 사람이 뭘 그렇게 잘못했어?
혼자서 누군가를 좋아하는 사람의 심정을
상상이나 해봤어?"

사진을 찍는 것처럼 "하나, 둘, 셋!" 하고
동시에 사랑을 시작하는 것은 거의 불가능하다.
둘이 동시에 사랑에 빠졌다는 것은
결과가 만들어낸 환상 또는 기억의 조작일 뿐.

'수건돌리기'처럼 차고 차이고,
상처 주고 상처 받고,
거절하고 거절당하며 그렇게…….

누군가 자기는 한 번도 안 차여봤다고
자랑삼아 말한다면,
그건 고백을 해본 적이 없거나 사귀어본 적이 없거나
차이고도 차였는지 모르거나.

배려하는 이별에 대해

'나쁜 남자'들의 이별법은 다음과 같다.

1. 연락을 뜸하게 한다(서서히 횟수를 줄임).
   전화도 잘 안 받고, 문자도 건조하게 답장.
2. 불안해진 여자는 울고불고하다가 지쳐간다.
   "오빠, 요즘 나한테 왜 그래? 뭐가 문제야?"
   "오빠, 나를 좋아하긴 하는 거야?"
   "오빠, 요즘 우리…… 이건 아닌 거 같아."
3. (잡아주기를 원하는) 여자가 헤어지자고 하면 매너 좋게 접수!
   "오빠, 아무래도 우린 인연이 아닌 것 같아. 헤어지자."
   "그래, 내가 너를 행복하게 해줄 수 없다면."

못되고 잔인한 것 같지만,
형식상 이별의 결정권 및 통보권을 여자에게 준
나름 '배려 있는' 이별이다.

가장 잔인한 이별은……
말없이 그냥 떠나기.
아무런 통보도 없이.

남겨진 자는, 버려진 사람은
왜, 도대체 왜, 내가 뭘 잘못해서 나를 떠났을까……

끊임없이 생각하고 또 생각하며 고통의 늪을 헤매게 된다.
늪에서 나오려고 해도 또 빠지고 또 빠지며……
도대체 왜? 왜? 왜?

여기 14,000년을 살아온 남자가 있다.
죽지도 늙지도 않는다.
주변 사람들이 늙지 않는 자신의 정체를 알아채지 못하도록
10년 단위로 떠돌아다닌다.
즉, 사랑의 기한은 10년.
10년이 되면 말없이 떠난다.

그는 14,000년 동안 얼마나 많은 이별을 했을까?
한곳에 정착해서 사랑하는 사람들과 함께 늙어가지 못하고
계속 떠나야 한다는 것,
무한정 주어지는 삶을 견디고 또 견디며
언제 끝날지 모르는 삶을 홀로 버텨야 한다는 것.
그것은 시시포스의 고역에 버금가는 끔찍한 형벌이다.

그럼에도 불구하고
나는 '남은 자'들에게 감정이입이 되었다.
아무런 통보도 없이 남겨진 또는 버려진 자들은
인생을 송두리째 고통에게 양도했을 수도 있다.

〈맨프롬어스〉
어제 아주 오랜만에 연극을 봤다.
14,000년을 살아온,
10년이 지나면 또다시 떠나야 하는 남자의 이야기.
요즘 '파이팅 넘친다'는 표현을 많이 하는데,
이 연극은 '메타포가 넘친다'.

어떻게 보느냐에 따라서
천 가지, 만 가지, 14,000가지의 이야기를 풀어낼 수 있다.
최고의 배우들이 나오므로
연기를 잘한다는 불필요한 말은 생략.

몇 년 만에 찾은 대학로는 참 많이 변해 있었다.
마로니에공원에 앉아 캔맥주를 마셨던 기억이 스쳐갔다.
그때, 여름 저녁의 바람 한줄기도.

안녕
안녕
안녕
안녕
안녕

다음 버스는 곧, 온다

하이힐을 신은 채로 계단을 껑충껑충,
최선을 다해 뛰었는데…….

내가 통근버스 문 앞에 서자마자
문은 드르르 닫혔을 뿐이고,
먼저 타고 있던 후배는
"헉, 아저씨 짤없이 문 닫네요"라고
카톡을 보냈을 뿐이고.

그래도 다행히 난 가쁜 숨을 몰아쉬며
8분 뒤에 출발하는 다음 통근버스를 탔다.

가버린 버스를 향해 손 흔들지 말라고
수많은 트로트 가수들은 몸을 흔들며 열창했다.
하지만 이렇게 운 좋게
바로, 다음 버스를
탈 수 있는 기회는 흔치 않다.

그래서 우리는……
다음 버스가 오지 않을까 봐
혹시라도 오지 않을까 봐
오더라도 늦게 올까 봐

떠나버린 버스 뒤에서 발을 동동 구르거나,
또는 닫히려는 문에 간신히 몸을 구겨넣는다.

하지만 거의 언제나
다음 버스는 곧, 온다.

별 탈 없으면 된다

"무탈하시죠?"
어른들의 이런 인사말에 머리를 갸우뚱하던 시절이 있었다.
'탈'만 없으면 된다는 걸까?

이제야 알겠다.
무탈은커녕 별 탈 없이 산다는 게, 기적이라는 것을.

오랜만에, 10~15년 만에 누군가를 만나면
다들 크고 작은 '별일'들이 있었다.

이혼을 했거나
이혼을 하고 재혼을 했거나
이혼을 하고 재혼을 하고 또 이혼을 했거나,
회사에서 잘렸거나 다니던 회사가 망했거나
자기가 부도를 냈거나,
사기를 당했거나 빌려준 돈을 못 받았거나,
전셋값이 너무 올라 월세로 전환했거나
외곽으로 이사를 갔거나,
어디가 아팠거나 지금 아프거나,
누군가와 의절을 했거나 다시 사이가 좋아졌거나,
가족 중 누군가가 편찮으시거나 돌아가셨거나,
유산 문제로 싸움이 났거나 소송 중이거나,

믿고 있던 누군가에게 배신을 당했거나 차였거나,
무서운 속도로 탈모가 진행됐거나 놀라울 만큼 살이 쪘거나,
성형으로 얼굴이 이상해졌거나,
개종을 했거나 종교를 버렸거나…….

한대수가 말했다.
TV를 보며 저녁을 먹으면서 맥주 한잔 하는
별 탈 없는 삶이 좋은 삶이라고.
참 시시하다고 생각했는데,
그 말이 맞다.

하지만 무탈하고 별 탈 없이 사는 건 참, 어려운 일이다.
더군다나 한국이라는 나라에서.

예전에 이런 소설 제목이 있었다.
망하거나 죽지 않고 살 수 있겠니?

어두운 터널을 지나갈 때

몇 년 전 9월의 어느 밤,
강남역 한 와인바.

후배들과 와인을 마시고 있는데
머리에는 고깔모자를 쓰고 어깨에는 기타를 둘러멘 남자가
노래를 부르며 들어왔다.

"생일 축하합니다~ 생일 축하합니다~"

남자의 등장과 동시에 자리를 함께한 후배들이
콘서트에서 앙코르를 청하는 열혈 팬들처럼
가열차게 박수를 쳤다.

아! 그날은 내 생일이었고,
후배들이 이벤트업체에 연락을 한 거였다.

남자는 생일축하 노래를 마치자 이어서 한 곡을 더 불렀다.
"당신은 사랑받기 위해 태어난 사람~"

난 내가 태어난 날에 축하 노래를 불러주는 남자를
유심히 쳐다봤다.
30대 중후반으로 보이는 곱슬머리 남자는

하얀 라운드티셔츠를 입고 있었는데,
밥을 먹다 튀었는지 군데군데 김칫국물이 묻어 있었다.
게다가 기타가 튜닝되어 있지 않아 자꾸 이상한 소리가 났다.
그는 아랑곳하지 않고 더 세게 기타를 쳤다.

연주는 연주, 기분은 기분.
와인에 취하고 분위기에 취한 젊은 여자들이 환호하자
그는 재빠르게 코드를 바꾸며 한 곡 더 부르려고 했다.

그때, 와인바 종업원이 오더니 어디서 많이 들어본 말을 했다.
"여기서 이러시면 안 됩니다."

그는 마지막 곡을 마치지 못하고
기타를 둘러멘 채 쫓겨나다시피 황급히 나갔다.
마시던 와인을 계속 마시는데
그 남자의 하얀 티셔츠에 묻어 있던 김칫국물이
자꾸만 떠올랐다.

김칫국물이 묻어 있는 옷과 튜닝되지 않은 기타.
언제부터 그랬을까?

어쩌면 그는 에릭 클랩튼이나 신중현 같은

위대한 기타리스트가 되는 게 꿈이었을지도 모른다.
그의 지나간 시간 언젠가.

처음부터 그의 기타가 그렇게 방치되지는 않았을 것이다.
김칫국물이 묻은 옷을 입고
누군가의 앞에서 연주를 하지도 않았을 것이다.

살다 보면 다 포기하고 싶을 때가 있다.
나 스스로를 감당하기 어렵고 힘들 때,
아무것도 할 수 없고 하기 싫을 때……
어쩌면 그는 그런 어두운 터널을 지나고 있을지도 모른다.
오지랖 넓게 그런 생각을 해봤다.

잠시, 아주 잠시
그를 위해 기도했다.
다시 깨끗한 옷을 입고
튜닝 잘된 기타를
연주할 수 있게 해달라고.

듣는 사람의 감정에 대해 1

"아, 너무 피곤해. 나 많이 안 좋아 보여?"

이런 말을 했을 때,
듣고 싶은 말은 이런 말들이 아니다.

"어제 못 잤어? 다크서클 장난 아니네."
"그러게. 화장도 하나도 안 먹었네. 좀 쉬어."
"응, 얼굴도 많이 부었어. 부기 빨리 안 빼면 살 되는 거 알지?"
"이제 그럴 나이지. 비타민이라도 좀 챙겨먹어."

"전혀! 예쁘기만 한데?"까지는 아니더라도
"그래? 전혀 모르겠는데!" 같은 말이 듣고 싶어서
물어본 것뿐인데…….

우리는 누군가가 의도적으로 한 공격적인 말이나 비난보다
주변 사람들의 '위해서 한 말', '걱정돼서 한 말'에 상처 받는다.

"나 뚱뚱해 보여?"라는 여자친구 또는 아내의 질문에
"요요 왔어?", "그 옷 입지 마. 더 부해 보여"라고
말하는 남자가 아직도 있다면
그건 솔직한 게 아니라 못된 거다.

듣는 사람의 감정에 대해 2

"좋은 악기 같아요, 수선 씨는.
공명을 할 줄 알아요.
상대방의 감정을 느낄 수 있죠."

예전에 한 점성술사가 내게 말했다.
그의 말이 맞는지는 모르겠지만
내게 뭔가를 하소연하는 사람들이 무척 많다.

주변 사람들을 비롯해서
택시 기사, 비행기 옆자리 승객,
어쩌다 마주친 사람들까지.

지금은 서로 연락을 하지 않는 한 친구가 있다.
그녀는 결혼 직후부터 끊임없이 자신의 남편을 험담하며
도저히 못 살겠다고 했다.
차마 듣기 뭣한 부부 사이의 얘기도
거침없이 자세하게 묘사했다.

한번은 부부싸움을 하다가 열받은 남자가 뭔가를 던졌는데
그게 하필 자기 이마를 스쳐서 꿰맸다고 했다.
난 더 이상 참지 못하고 말했다.
"이혼해버려, 그런 끔찍한 남자. 애 생기기 전에."

그랬더니 그 친구가 미친 듯이 화를 냈다.
자기한테 던진 게 아니었다고,
그냥 던졌는데 하필 자기가 부딪힌 거라고,
남편이 너무 놀라서 자기를 안고 엉엉 울었다고,
자기가 나한테 열받은 얘기만 해서 그렇지,
자기 남편은 좋은 남자라고.

누군가에게 뭔가를 말한다는 것은,
자신의 일에 상대방을 개입시키고
스트레스를 전이시키는 행위다.
듣고 싶은 말만 듣고자 한다면,
말을 하지 말아야 한다.
듣는 사람에게도 감정은 있다.

다시 돌아오는 사랑

"사람들이 연애를 여행에 비유하잖아요.
더 멋지고 근사한 도시가 많으니까,
한곳에만 머물지 말고
새로운 장소로 떠나봐야 한다고.
그래서 떠나봤는데……
첫 번째 여행지처럼 좋은 데가 없었어요.
그냥 거기서 계속 살고 싶더라구요.
그래서 옛날 여친을 다시 만났어요.
결혼도 하려구요."

연말에 만난 후배가 한 말.
난 그닥 할 말도 없고 해서
막걸리를 한잔 쭉, 들이켰다.

방금 〈K팝스타〉를 보며 기분이 참 묘했다.
1999년생, 2002년생 소녀 둘이
그 옛날 변진섭의 〈그대 내게 다시〉를 편곡해서 불렀다.

"그대 내게 다시 돌아오려 하나요.
내가 그댈 사랑하는지 알 수 없어 헤매이나요.
맨 처음 그때와 같을 순 없겠지만
겨울이 녹아 봄이 되듯이 내게 그냥 오면 돼요."

어차피 가만히 있어도 봄은 올 것이다.
하지만 사람의 마음은
'Tomorrow never knows'.

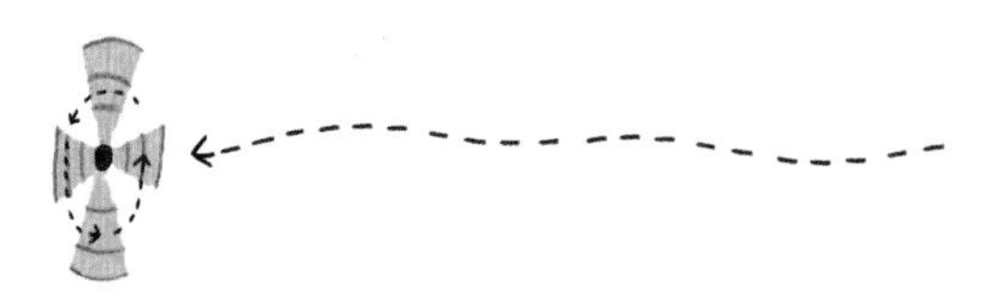

따뜻한 말 한마디가 그리워서

Edgewater, New Jersey

이 세상 어디에나 '중국집Chinese restaurant'이 있다.
아마도 중국집은 세상에서 제일 많은 음식점일 것이다.

내가 잠시 살았던 뉴저지에도 중국집이 참 많았다.
중국집은 배달이 되기 때문에 아플 때 시켜 먹기도 했고,
퇴근하는 길에 포장해와서 먹기도 했다.

한국계 중국집들과 달리 짬뽕, 짜장면 같은 메뉴는 없었고
주로 볶음밥, 쿵파오치킨 같은 볶고 튀긴 음식들이었다.
또 다른 점이 있다면,
항상 '포춘쿠키'를 준다는 점이었다.

포춘쿠키에는
잠언이나 영어로 번역한 중국 속담,
행운의 숫자나 색깔, 오늘의 운세 같은 게 적힌 종이가 들어 있다.
미국의 언니오빠들은 이걸 엄청 좋아한다.
어차피 랜덤이고,
어차피 좋은 말만 씌어 있는 거 뻔히 알면서도
그렇게 좋아한다.

때로는 "당신이 사랑하는 사람을 용서하세요!"라는 문장을 보고
누군가와 화해를 하기도 하고,

"엄마에게 전화해서 사랑한다고 말하세요!"라는 문장을 보고
엄마에게 전화를 걸기도 하고,
"오늘 당신에게 행운의 색깔은 그린" 같은 문장을 봤을 때
마침 그린 셔츠를 입고 있으면 로또를 사기도 한다.

그런 걸 볼 때마다 울컥, 한다.
모두 얼마나 외로우면
모두 얼마나 따뜻한 말 한마디가 그리우면
포춘쿠키에 들어 있는 종이쪼가리에 그렇게 위로를 받을까?

한 유명 베스트셀러 작가가 말했다.
자기가 한창 힘들었을 때, 길에서 만난 낯모르는 독자가
"다 잘될 거예요! 다음 작품 기다리고 있을게요!"라고 말했는데,
그 말 한마디가 그렇게 고맙고 기운이 나더라고.

인간이란, 그런 존재다.
잘났건 못났건.
체온을 가진 당신은
포춘쿠키보다 좀 더 따뜻한 말을 할 수 있다.
시니컬한 성격, 까칠한 태도, 틱틱거리는 습관……
그건, 자랑이 아니다.

인간관계의 방정식

어느 날 시카고 다운타운을 걸어가고 있는데
코에 셀 수 없이 많은 피어싱을 한 빨간 머리 여자 홈리스가
커피를 마시고 싶다며 돈을 달라고 했다.

그녀는 천진한 미소를 지으며 당당하게 말했고,
난 거부하지 못하고
주머니에 들어 있던 1달러짜리 지폐 세 장을 줬다.
그녀는 봄햇살처럼 활짝 웃으며
멀어져가는 내 뒷모습을 향해 소리쳤다.
"God Bless You!"

다음 날 바로 그 자리에서 다른 여자 홈리스를 만났다.
화장기 없는 얼굴에 앙상한 나무처럼 야윈 중년의 여자도
커피를 마시고 싶다며 돈을 달라고 했다.

그날 난 무척 피곤했고,
아침 일찍 한국에서 온 좋지 않은 소식에 마음이 상해 있었다.
난 그녀의 말을 못 들은 척하고 그냥 지나갔다.
그러자 그녀가 내 뒷통수를 향해 소리쳤다.
"고마워. 홈리스를 무시해줘서!"

돈을 주면 축복을 받고, 돈을 주지 않으면 욕을 먹는다.

내가 왜 남의 나라 홈리스에게 커피값을 안 줬다고
욕을 먹어야 하나, 잠시 억울하기도 했지만
'인간관계'란 게 다 그런 게 아닌가 하는
허무함 또는 각성 같은 것이 뭉게구름처럼 피어올랐다.

대개의 직장인들이 말하는 '좋은 상사'란
자기한테 잘해주고 인사고과 잘 주는 사람이다.
상사의 인격과 능력, 리더십과 배려심 등은 부차적인 문제일 뿐.
무능하고 강팍해도 나한테 잘해주면 좋은 사람,
반대로 능력 있고 인품 좋은 사람이어도
나한테 서운하게 하면 게임오버.

누가 내 칭찬을 했다고 하면 그 사람에게 급호감이 생기고,
누가 내 욕을 했다고 하면 그 사람을 보기만 해도 짜증이 나고,
힘들 때 누군가가 작은 친절을 베풀면 그만 감동해버리고,
늘 잘해주던 이가 한 번 잘못하면 몇 곱절 더 서운하고…….
돈을 빌려달라고 할 때 선뜻 빌려주면
온갖 좋은 말은 다 듣게 된다.
"진짜 너밖에 없다. 정말 고마워."
돈은 안 빌려주면서 걱정을 하거나 조언을 하면
이런 말을 듣게 된다.
"안 빌려줄 거면 조용히 해."

웃고 있다고 다 웃는 게 아님

『식객』의 「돼지고기 열전」을 읽다가 정말 깜짝 놀랐다.
고사상의 웃고 있는 돼지머리는 만들어진 거였다.

왜 그 생각을 진작 못했을까?
고압 쇼크로 도살당하는 돼지는 엄청난 고통 속에 죽는다.
'웃는 얼굴'을 만들기 위해
돼지머리를 삶을 때 입에 병이나 막대 같은
재갈을 물린다고 한다.

돼지가 고통 속에 죽었는지,
뭐가 좋다고 헤벌쭉 웃으면서 죽었는지,
아무도 관심을 갖지 않는다.
그저 보이는 대로 믿는다.
"야, 웃고 있네!"
그러고는 야단스럽게 소원을 빈다.
"복 들어오게 해주세요!"
"대박나게 해주세요!"
"만사형통하게 해주세요!"

어쩌면 우리는 이런 폭력을
주위 사람들에게 행하고 있을지도 모른다.
"헤어지자고? 갑자기 왜 이래? 네가 나한테 이럴 수 있어?"

“뭐야? 사전에 말 한마디 없이 어떻게 이런 결정을 한 거야?”
“맨날 웃고 있기에 몰랐지. 힘들면 힘들다고 왜 말을 안 했어?”

이런 다그침을 듣는 약한 사람들은 이렇게 대답하지 못한다.
“너의 갑자기가 내겐 영겁이었어.”
“네 얼굴을 보면 말이 나오냐?”
“내가 좋아서 웃었는 줄 알아? 그래서 너는 안 되는 거야.”

누구에게나 고통이 있고, 사연이 있고, 아픔이 있다.
웃고 있다고 웃는 게 아니다.

대개 사람들은 악의가 있어서가 아니라,
딱히 할 말은 없고 침묵이 어색해서 대략 난감한 질문을 한다.
잊지 말자! 침묵은 금이다.

보여주고 싶은 것만 보여줄 뿐

"오빠는 나를 위해 태어난 사람 같아."

몇 년 전,
친구가 결혼을 한다며 친구들을 불러모아서
꿈꾸는 것 같은 표정으로 말했다.

부럽다기보다는 섬뜩했다.
노예도, 염소도, 풀 한 포기도 고유한 삶이 있는데…….

결혼을 하고는 SNS를 '염장 사진'으로 도배했다.
기념일에 선물로 받은 보석 사진,
특급 호텔 꼭대기의 럭셔리 디너 사진,
유명 풀빌라 리조트에서 찍은 해외여행 사진…….

그중 가장 인상적이었던 건
남편이 손수 만들어 침대로 갖다준 아침식사 사진.
영화에서 보던 것처럼 예쁜 트레이에
오렌지주스와 커피, 막 구운 크루아상과
하트 모양 달걀프라이가 사랑스럽게 놓여 있었다.

그 사진에 친구는 이런 글을 덧붙였다.
"이래서 결혼을 하는군요. 아, 여왕의 아침!"

세상에서 제일 행복하다고
매일매일 전광판 광고를 하던 친구가
얼마 안 돼서 이혼을 했다.
그녀와는 연락이 끊겨서 근황을 알지 못한다.

하지만 친구의 전남편 소식은 SNS에서 간혹 보게 된다.
그의 새로운 아내도
남편이 만들어준 아침식사 사진이며 선물 사진을 올리고,
나의 친구의 친구들이 그 사진에 '좋아요'를 누르기 때문이다.
참 좁고 작은 세상이다.

페이스북을 비롯한 SNS에는
늘 자랑하고 싶은 이미지가 올라온다.
이혼서류나 연체독촉장,
고소장 같은 걸 올리는 사람은 없다.

나도 마찬가지다.
혼자 먹는 짬뽕 사진이나 부스스한 쌩얼 셀카,
목 늘어난 면티를 입고 하루종일 자는 사진은
올리지 않는다.
서로 보여주고 싶은 걸 보여줄 뿐.
어르신들이 자기 차례를 기다려 하는 자식 자랑처럼.

소설가 박민규는 『죽은 왕녀를 위한 파반느』의
작가의 말에 이렇게 썼다.

"세상은 끊임없이 우리가 부끄러워하길 부러워하길 바라왔고,
또 여전히 부끄러워하고 부러워하는 인간이 되기를
강요할 것입니다.
부끄러워하고 부러워하는 절대다수야말로,
이 미친 스펙의 사회를 유지하는 동력이었기 때문입니다.
와와 하지 마시고 예예 하지 마시기 바랍니다.
이제 서로의 빛을, 서로를 위해 쓰시기 바랍니다."

안녕
안녕
안녕
안녕

외로움을 조심하기

Ridgefield Park, New Jersey

미국에서 생활하게 되면서
'그녀'들과 대화할 일이 많아졌어.
기계 속에 갇힌 아름다운 그녀.

내가 남자라면
영화 〈그녀Her〉의 주인공처럼 벌써 사랑에 빠졌을지도 몰라.
기계 속의 그녀들은
상당히 캐주얼하고 적극적이야.
그리고 친절해.

운전할 때 쓰는 GPS의 그녀는 이렇게 말해.
"Alright! You arrive home now."
순간, 정말 친구 같아. Alright!

어제는 또 선불제로 쓰고 있는 '메트로PCS'에
전화요금을 내려고 전화했더니
자동 시스템과 연결이 되더군.

기계 속 그녀와 통화할 때는
'반드시' 묻는 대로 대답해야 해.
'Yes or No' 둘 중 하나로만 대답해야 해.
"I'm not sure."

이런 멍청한 대답을 하면 그녀가 당황해.

그녀는 내게 카드번호를 부르라고 했어.
난 또박또박 카드번호를 불렀어.
그랬더니 그녀가 반복을 하더군.
"맞으면 Yes, 틀리면 No"라고 말하래.

내가 잘못 불렀는지, 아님 zero 발음이 이상했는지,
번호가 틀렸더라구.
그래서 난 "No"라고 말했지.
그랬더니 그녀는 미안해하며 이렇게 말했어.
"I'm sorry. Let's go on again!"

친절한 그녀.
정말 기계와도 사랑에 빠지겠더라.
조심해, 외로움을.

나 여기서 하나의 신조를 정했어.
외로울 때 사람 만나지 않고,
배고플 때 마트 가지 않고,
우울할 때 쇼핑하지 않는다.

어제의 일기를 쓰며

1.
일본만화 『심야식당』을 보면 참 소박하다 못해
이런 걸 뭐 돈 내고, 하는 음식들이 더러 나온다.

'버터밥'이라든가, '고양이밥'이라든가,
'어제의 카레' 같은.

별것 아닌 것들인데……
이름 하나는 정말 잘 짓는다.
심지어 시적이기까지 하다.
어제의 카레!

카레를 만들어서 냉장고에 하루 재우면
'어제의 카레'가 된다.
그럼 막 지은 따끈따끈, 고슬고슬한 밥에
차가운 카레를 얹어 먹는다.

의외로…… 맛있다.

2.
언젠가 한 잡지에서 '새로운 치매 예방법'이라는 제목의 허접한 기사를 봤다.
고스톱을 치면 두뇌활동이 촉진된다는 등
속설과 크게 다르지 않았다.

하지만 하나 생각나는 건 '어제의 일기'를 써라!
어제 무슨 일이 있었는지를 시간순으로 기록하는 훈련을 하면
기억력 향상에 도움이 된다는 것이다.
그 기사를 읽으며 생각했다.

그럼……
오늘이 어제 같고,
어제가 그제 같고,
내일도 어제 같을 소외된 사람들은……
매일…… 똑같은 일기를 쓰란 말인가?

3.
어제의 나는……
몸살약을 먹고 일찍 잤다.

감정을 표현하는 미묘한 차이

Oh My God!
Oh My Goodness!
Oh My!
OMG!

이토록 파워풀하게
감정을 표현하는 단어는 드문 것 같다.
놀람과 경악, 감탄과 경탄, 실망과 낙담,
조롱과 냉소를 모두 한 단어로.
표정에 따라, 목소리 톤에 따라
의미가 달라지는 단어.

한국어를 배우는 외국인 친구가 물었다.
"왜 한국어는 만났을 때도 헤어질 때도 '안녕'이야?
만났을 때랑 헤어질 때 인사가 똑같아?"

"아니, 같지 않아.
만났을 때는 활짝 웃으면서 반갑게 '안녕'이라고 말하고,
헤어질 때는 아쉬운 표정으로 '안녕'이라고 말하는 거야.
마음에 드는 여자가 있으면
헤어질 때 '안녕' 대신 이렇게 말해.
'우리 언제 또 보죠?'"

똑같은 말이라도
상황에 따라, 타이밍에 따라, 말의 주체에 따라
그 의미가 달라진다.

"잘 먹고 잘 살아라!"는 분명 좋은 말이다.
하지만 좋지 않게 헤어질 때 이를 갈며 하는 말이기도 하다.
"Good Luck!"도 마찬가지다.
시험 볼 때나 소개팅할 때 "Good Luck!"이라고 하면
"행운이 있기를!" 이런 의미지만,
연인과 헤어질 때 "Good Luck!"이라고 하면
"앞으로 잘 먹고 잘 살고 나한테는 연락하지 마라!"
이런 의미.

그리고 무엇보다도 해석이 어려운 경우는
"ㅋㅋㅋ"라는 응답.
나 같은 전문가도 해석이 어렵다.
"ㅋㅋㅋ."

거짓말이라도 좋으니까

가끔 내가 물어보기 전에
누가 먼저 말해주면 좋겠다.
거짓말이라도 좋으니까
넌 참 잘하고 있다고,
지금처럼만 계속하라고.
_『혼자인 내가 혼자인 너에게』에서 가장 많이 인용되고 있는 문구

말을 안 해서 그렇지,
누구나 불안하다.
길을 묻듯 묻고 싶어진다.
"여기로 계속 가면 되는 거 맞지?"

거짓말이라도 좋으니까 좀, 듣고 싶다.
넌 참 잘하고 있다고.

그런데 실제로 우리가 듣게 되는 말은 이런 말들이다.
"기분 나쁘게 듣지 말고……."
"이런 말 나 아니면 누가 해주겠어?"
"현실을 알아야지. 그래서 하는 말인데……."

너 아니라도
그런 말 해주는 사람 많다.

울 엄마 아빠가 쓰시는 부산말로
"고마 쌔고쌨다."
연말엔 덕담 아니면 고마
"닥쳐라!"

걱정 마, 오빠만 믿어

"수선아!"

어젯밤 귀갓길,
누군가(그것도 남자가!) 내 이름을 부르는 소리에
화들짝 놀라 뒤를 돌아봤다.

그 남자는 동료의 어깨에 팔을 걸치고
살짝 비틀거리며 걸어가고 있었다.
그는 이렇게 말했다.
"수서나 사당!"

즉, 결혼을 하면 수서나 사당에 집을 얻는다는 말이었고,
나는 '수서나'를 '수선아!'로 잘못 들었던 것이다.

씁쓸해하며 집에 들어가서 TV를 틀었는데
〈안녕하세요〉라는 '국민 고민 상담 프로그램'이
방영되고 있었다.
귀엽게 생긴 초등학생 여자애가 하소연했다.

"우리 엄마는 제 이름을 안 부르고 항상 야! 야! 라고 불러요."

MC는 그 아이의 엄마에게

지금 이 자리에서 딸의 이름을 두 번 불러보라고 했다.
뿔테안경에 머리를 질끈 동여맨 아이의 엄마는
딸의 이름을 불렀다.
"○○야! ○○○!"
아이가 울컥, 했다.

내 외로움은……
어제의 초등학생 여자애와 동일선상에 있는 것인가?

아이는 말했다.
"엄마가 이름도 불러주고 칭찬도 많이 해줬으면 좋겠어요.
심부름만 자꾸 시키지 말고."

나도 뭔가 '다정한' 말을 듣고 싶다.
항상 뭔가 '디맨딩demanding'하는 말 대신.

"수선아, 걱정하지 마. 오빠만 딱 믿어."
뭐 이런?

그게 다 거짓말이라는 걸 알지만……
좀 듣고 싶다, 음악처럼.

희망은 홈쇼핑처럼

"사상 최대의 대용량, 사은품으로 모십니다.
이런 파격적인 기회는 두 번 다시 오지 않죠.
10회 연속 매진, 마감 임박!
현재 모든 상담원 통화중입니다.
ARS를 이용해주세요!"

홈쇼핑은 늘, 우리에게 희망을 준다.
늘 '마지막'이라고,
이런 좋은 기회를 가져갈 분이
몇 분 남지 않았다고 외치지만
곧, 더 많은 사은품으로 우리를 찾아온다.
늘, 사상 최대로!

'마지막'이라는 말에 쫄지 말지어다.
기회는 언제나 온다.
눈을 반쯤 감고 졸지만 않는다면.

예전에 교보문고 건물에
이런 현수막이 걸려 있었다.
"사랑은 언제나, 어디서나 온다."

안녕

5장 서로 보듬어주는 게 정말 어려운 일일까요

대화 #5 점심시간, 회사 근처 병원

수선 : 목이 너무 아파요. 어제 밤새 아팠어요.

의사(30대 후반 남자) : 아~ 해보세요!

(입안을 살피며) 아이쿠~ 많이 아프겠어요. 많이 부었네.

수선 : 인후염이에요?

의사 : 아뇨, 인두염이요. 항생제를 좀 써야겠어요.

수선 : (당황하는 얼굴로) 그럼, 술 못 마시나요?

의사 : (딱하다는 표정으로) 그걸 지금, 말씀이라고…….

수선 : (간절한 눈빛으로) 언제까지 안 마시면 되나요?

의사 : 항생제 복용 중단하고 이틀 후요.

일단 이틀 치만 처방할 테니까 모레 다시 오세요.

수선 : 모레, 또요? 왜요?

의사 : 약이 안 들으면 바꾸게요.

수선 : 제가 원래 약발, 화장발 이런 거 잘 받는데…….

의사 : (잠시 쳐다보더니) 모레 오세요.

수선 : 네, 알겠습니다.

고통을 견디기 위해서

사람마다 고통과 모멸을 견디는 방법은 다르다.

누군가는 기도를 하고,
누군가는 술을 마시고,
누군가는 도를 닦듯이 운동을 하고,
누군가는 어딘가로 훌쩍 떠나고,
누군가는 혼자만의 방에 틀어박히고,
누군가는 클럽에 가서 미친 듯이 춤을 추고,
누군가는 닥치는 대로 사람들을 만나고,
누군가는 질 나쁜 연애에 몸을 던지고…….

모두, 다르다.

클럽에서 춤을 추고 있다고 해서,
어깨를 흔들며 자지러지게 웃고 있다고 해서,
그게 다, 신이 나서 그러는 것만은 아니다.

하지만 많은 경우 사람들은
자신보다 고통이 경미해 보이는 타인을
'감정 없는 사람'으로 취급한다.

저 멀리 아프리카에서 미국으로 끌려간 흑인 노예들은

쇠고랑을 찬 채 노래를 부르고 춤을 췄다.
고통을 견디기 위해서.

그리고 살집이 뒤룩뒤룩한 백인 주인들은
검둥이 노예들이 좋아서 그러는 줄 알았다.

타인의 고통에 대해 1

Manhattan, New York

뉴욕에 홈리스가 늘어나면서(2013년 대비 6퍼센트 증가)
'공원'을 대상으로 한 갈등이 커지고 있다.

갈등의 주체는
공원을 점령한 노숙자들과
개를 데리고 산책하는 주민들.

평화로운 산책을 위협받는 주민들의 민원이 증가하자
한 공무원이 이런 아이디어를 냈다고 한다.
노숙자들이 오래 머무르지 못하게
공원 벤치를 다 없애버리자는.

난 차마, 이 엄청난 '아이디어'를 믿을 수가 없어서
나의 독해력을 의심하며 몇 번이나 신문 기사를 다시 읽었다.

세상 어디나 참 문제다.
정책을 입안하고 집행하는 자들의 최소한의 자격요건은,
좋은 학벌이나 좋은 집안이 아니라
'타인의 고통'을 짐작이라도 할 줄 아는
공감 능력이라고 생각한다.

아마도 이 아이디어를 낸 사람은 이렇게 생각했을 것이다.

1. 노숙자들은 침대 대신 벤치에서 잠을 잔다.
2. 벤치를 없앤다.
3. 노숙자도 없어진다.

그/그녀는 모른다.
벤치가 없으면 신문지를 깔고,
신문지가 없으면 낙엽을 깔고,
그것도 없으면 맨바닥에서 잔다는 것을.

날이 춥다.
그리고 아직도 자다가 얼어 죽는 사람들이 있다.

타인의 고통에 대해 2

Port Authority Bus Terminal, New York

어느 나라, 어느 도시나
역이나 터미널 주변에는 홈리스들이 많다.

얼마 전, 뉴욕의 한 버스터미널 화장실에서
일회용 면도기로 머리를 밀고 있는 흑인 여자를 봤다.
거울 앞 세면대 위에는
그녀의 것으로 보이는 잡동사니가 잔뜩 어질러져 있었다.
그 사이에는 마구 엉클어진 가발도 있었다.
아마도 가발을 벗고 흐트러진 머리를 다듬는 것 같았다.

그녀는 알아듣지 못할 말을 혼자 중얼거렸다.
고열 환자의 열에 달뜬 신음소리 같기도 했고,
마약을 한 래퍼의 리듬을 벗어난 랩 같기도 했고,
뭔가에 배신당한 자의 통성기도 소리 같기도 했다.

그녀의 다리는 상체에 비해서 비정상적으로 말랐다.
그녀는 탄력 없는 맨다리에 긴 부츠를 신고서
면도기로 머리를 밀거나 또는 다듬기를 계속했다.

누가 무섭다고 신고를 했는지
여자 경찰이 그녀 주위를 맴돌았고,
세면대 위에는 가발을 비롯한 그녀의 전재산이

무심하게 흩어져 있었다.

웬만하면 가고 싶지 않은 '공용 화장실'이
삶의 공간인 사람들이 있다.

언젠가 서울의 ○○역 화장실에 뜨거운 물이 나오자
노숙자들이 많아져서 뜨거운 물 단수를 검토했다는
소문을 들은 적이 있다.

우리가 살고 있는 세계의 그늘은 상상보다 참혹하다.
으리으리하고 비싼 산부인과에서 태어나는
축복받은 아이들도 많지만,
지저분한 공용 화장실에서 태어나는 불운한 아이들도 있다.
그리고 그들의 출생 장소는 이렇게 기록된다.
○○역 화장실 ○째 칸.

김영하의 소설 『너의 목소리가 들려』는
미혼모가 화장실에서 낳은 한 아이의 짧은 일대기다.

버려진 아이들은, 태어나자마자 세상에 내팽개쳐진
가혹한 운명의 아이들은
도대체 어떤 삶을 살게 될 것인가?

타인의 고통에 대해 3

LA에서 뉴저지로 가는 비행기 안

"여기 좀 닦아도 될까요?"

얼마 전, 비행기를 탔는데
옆자리에 앉은 여자가
항균 물티슈를 손에 든 채 물었다.

이미 창문, LCD스크린, 테이블을 다 닦은 다음이었다.
나와 그녀 사이의 팔걸이는
같이 쓰는 것이니 물어보는 것 같았다.
"네, 그럼요!"

내 말이 끝나기도 전에 그녀는
위생당국에서 나온 검역요원처럼 팔걸이를 빡빡 닦았다.
닦을 수 있는 걸 다 닦자 그녀는 심호흡을 하며
알약을 삼켰다(아마도 수면유도제 같았다).

그러고는 배낭에서 산소마스크를 꺼내
한껏 긴장해 굳어진 얼굴에 뒤집어썼다.
곧, 한때 여자축구팀의 주전선수였을 것 같은
육중한 50대 승무원이 와서 물었다.
이게 뭐냐고, 이거 왜 쓰냐고.
(미국 승무원들은 무섭다.)

가련한 그녀는 마스크를 쓴 채로 대답했다.
약간의 산소가 들어 있다고,
이걸 써야 잠을 잘 수 있다고.

육중한 단발머리 승무원은
슬쩍 걱정되는 표정으로 "OK!" 하더니 돌아갔다.
한 번의 방해를 받은 그녀는
겁먹은 아이처럼 몸을 움츠리고 잠을 청했다.
여섯 시간의 비행 내내 같은 자세로
그녀는 두려움을 견뎌냈다.

아마도 그녀는 '공포증'에 시달리고 있었던 것 같다.
고소공포증, 폐소공포증,
전염/오염에 대한 공포증, 공황장애…….

무신경한 사람들은 타인의 고통을 헤아리려 노력하는 대신
이렇게 내뱉는다, 심드렁하게.
"거참, 유난 떠네."
"까탈스럽기는. 그럼 집 밖에 나오지를 말든가."

우리는 타인의 고유한 두려움을
차마 상상도 할 수 없다.

'물공포증'으로 고통받는 사람들은
수영을 못하는 정도가 아니라 샤워도 못한다.
남들처럼 콧노래를 흥얼거리며
물줄기 밑에 서 있을 수 없는 것이다.
비가 오면 밖에 나가지도 못한다.
얕은 시냇물에 발을 담가보는 것이 그들에겐
인생을 건 모험이다.

타인의 고통을 공감하고 배려하지는 못하더라도
제발 쉽게, 함부로 툭툭 말하지는 말자.

타인의 고통에 대해 4

Cleveland Hopkins International Airport

'주사기를 여기에 버리지 마시오.
주사기는 세면대 옆 별도의 수거함에 버리시오.'

공항 화장실에서 '주사기'를 버리지 말라는 문장을 읽고
한참 생각했다. 도대체 무슨 말이지?
설마 화장실에서 마약을 하고
주사기를 나와서 버리라는 말인가?
화장실에서 왜 주사기를?

너무 궁금해서 비행기를 기다리며 검색을 했다.
그리고 나의 무지함과 무심함에
스스로 머리를 한 대 쥐어박았다.

당뇨병을 비롯해 관절염, 심각한 알레르기 환자들은
스스로의 팔에 주사기를 꽂아야 한다.
화장실에서 스스로의 팔에 주사기를 꽂는
누군가의 일그러진 표정,
바늘이 들어갈 때의 고통,
습관이 된 경련을 상상하니 왠지 숙연해졌다.

'타인의 고통'은
누군가가 배변의 쾌락을 느끼며 물을 내리는 사이에

옆 칸에서 아무도 모르게 진행된다.

주사기 바늘이 뾰족하고 날카로워서
아무 데나 버리거나 변기에 넣어 물을 내리는 게
위험하기도 하지만,
주사기를 분리수거하는 궁극적인 이유는
전염을 예방하기 위함이다.

누군가에게 병을 옮길 수 있다는 자의식은
얼마나 괴로운 것일까?

도처에 타인의 고통이 널려 있다.
그리고 우리는 눈을 감고 귀를 막고 살아간다.
그러면서도 '나의 고통'을 과장해서 떠벌리느라 바쁘다.

오래전 묵언수행을 했을 때,
참선 지도자로 오신 미얀마의 한 스님께서 말씀하셨다.

"사람은 매미처럼 평생 세 마디를 하며 운다.
I I I I I I I I I I I I I……
My My My My My My My My……
Mine Mine Mine Mine Mine Mine Mine……."

타인의 고통에 대해 5

Edgewater, New Jersey

"왜 밖에 나와서 똥을 싸갈기고 지랄이야?
뭘 처먹었기에 이 지랄을 해놓고 가버리는 거야.
××년들."

언젠가 대구의 한 박람회장에 갔는데
화장실에서 청소하시는 아주머니가
문을 열어놓은 채로 막힌 변기를 뚫으며 쌍욕을 퍼부으셨다.

입으로는 쌍욕을,
평생 노동으로 담금질된 팔로는 펌프질을,
젖은 실내화를 신은 굳은살 박인 발로는
삶의 무게를 버텨내며.

정말 더럽고 짜증이 나겠지만
사람도 많은 데서 좀 너무하다는 생각을 했었는데,
어제 정말 사무치게 그 아주머니가 생각났다.

어제, 아파트 변기가 막혔다.
아파트 바로 앞에 있는 마트에 갔는데 펌프가 없어서
차까지 몰고 '욕실용품 전문 매장'에 갔다.
사람들은 유유자적 쇼핑을 하며
모아온 쿠폰으로 찜해둔 뭔가를 사며 좋아했지만,

난 황급히 펌프만 하나 사서 눈썹을 휘날리며 나왔다.
비싸기도 엄청 비쌌다.
택스까지 붙으니 24.99달러.
펌프 하나에 거의 3만 원이라니,
서울이면 소주가 열 병이다.

돌아와서 펌프질을 하는데 나도 모르게 욕이 나왔다.
매일매일 막힌 변기를 뚫어야 하는
그 아주머니의 심정은 어땠을까.

세상에는 어지르는 사람과 치우는 사람이 있다.
어린아이와 엄마처럼.
인생을 살아가며 그 역할은 수시로 바뀐다.

어지르는 역할을 맡았을 때,
우리는 치우는 사람의 고통을 알지 못하며
알려고도 하지 않는다.

타인의 고통에 대해 6

Edgewater, New Jersey

인천공항 가는 공항리무진을 셀 수 없이 많이 타봤지만
영화에 나오는 기다란 진짜 리무진은 한 번도 타보지 못했다.

어떤 사람들이 저런 과시욕 쩌는 차를 탈까 궁금했다.
물론, 리무진처럼 운전하기 불편하고 비싼 차는
오너와 드라이버가 다르리라는 것을
개념적으로는 알고 있었다.

어제, 마트에 물을 사러 갔는데
길고 긴 흰색 리무진이 주차장으로 들어왔다.

미국의 마트들은 아주 전형적이다.
땅이 넓으니 거대한 스퀘어 공용 주차장이 가운데 있고,
주차장을 둘러싸고 대형 슈퍼마켓체인 하나, 네일숍, 미장원,
중국집 · 피자집 · 던킨도너츠 같은 패스트푸드 스토어 여러 개,
은행, UPS스토어 등이 있다.

리무진의 드라이버로 추정되는
슈트 차림의 뚱뚱한 흑인 남자는
피자집 앞에 차를 세우고 피자와 콜라를 사서
다시 주차장 널찍한 곳에 차를 세웠다.
그리고 창문을 열고는 피자상자를 왼손으로 받쳐들고

오른손으로 조각 피자를 우걱우걱, 맹렬한 속도로 먹었다.
우걱우걱 피자를 먹다가 목을 젖히고 콜라를 마시고,
다시 피자를 우걱우걱…….

시간은 일요일 오후 2시,
밥 먹을 시간을 놓친 것 같았다.
점심시간이 지난 허름한 중국집에서
혼자 곱빼기 짜장면을 시켜
'먹는다'라기보다 입에 밀어넣는 인부를 보는 것 같았다.

저렇게 급하게 먹고 종일 운전을 하다 보면
걷기 힘들 정도로 살이 찌게 될 것이다.
누군가 말했다.
"비만은 빈곤의 상징이야."

난 우걱우걱 피자를 먹는 남자를 바라보며
이런 쓸데없는 생각을 했다.
'차에 피자냄새 뱄다고 혼나면 어쩌지?'

닥치면 다 하게 되어 있다

Ridgefield Park, New Jersey

"텍사스의 아이들은 열다섯 살이 되면 운전면허를 땁니다.
미국은 주마다 면허를 딸 수 있는 최소 연령이 다른데,
텍사스가 제일 어려요. 왠지 아세요?
부모를 도와서 일을 해야 하거든요."

오늘 이 말을 듣고,
열다섯 살의 어린 카우보이들을 떠올리니 가슴이 먹먹했다.
겉멋 들어서, 또는 어른 흉내 내려고,
놀러 가고 싶어서 몰래 부모 차를 몰아보는 게 아니라
집안일을 도우려고 일찌감치 운전대를 잡는 것이다.
트럭에 송아지도 싣고, 돼지도 싣고, 화물도 싣고
부모님 심부름을 가는 어린 카우보이들.

내가 운전 스트레스로 징징대니까
누군가 텍사스 아이들 얘기를 하며
나의 엄살을 지그시 눌러주었다.

미국에서 운전은 생존이다.
무서워서 안 하고, 하기 싫어서 안 하고, 피곤해서 안 하고
이런 거 없다.

그 후, 미국 생활에 적응하면서

내가 운전을 못하지 않는다는 사실을 깨닫게 되었다.
서울에서는 하기 싫고 안 해도 되니까
못한다는 핑계로 안 했을 뿐이고,
미국에서는 운전 안 하면 물도 한 병 못 사러 가니까
씩씩하게 잘만 하고 다닌 것이다.
몇 개월 후에는 200킬로미터씩 혼자 운전하고 다니면서
이러다 버스도 몰겠다는 자신감마저 들었다.

필요하면, 닥치면,
다~ 하게 되어 있다.

학교는 사회의 축소판인가

"투신한 ○○○는 분노조절장애를 앓고 있으며,
관심을 받기 위한 행동으로, 생명에 지장이 없으니
다들 시험에 집중하시기 바랍니다."

2015년 4월 28일, 대전의 한 고등학교에서
중간고사 기간 자율학습 시간에
한 학생이 3층에서 뛰어내렸고,
많은 학생들이 그 모습을 목격했다고 한다.

학교는 이 사건으로 동요된 학생들을 '안정'시키기 위해
두 차례에 걸쳐 교내방송을 했다고 한다.
요지는 이렇다.

- ○○○는 정신장애를 앓고 있다.
- 생명에는 지장이 없다.
- 그러니 너희들은 동요하지 말고 시험 잘 봐라.

이런 방송을 하게 한 교감, 교장 또는 책임자는
아마도 이런 프레임으로 생각했을 것이다.

- 담임은 뭐 했어?
- 걔 무슨 문제 있었어?

- 애들 동요 안 되게 방송해. 원래 문제가 있었던 거라고.

너무, 끔찍하다.
뼈가 아물고 외상이 다 사라진다고 해도
'장애'가 있다고 방송으로 전교에 공포된 그 아이는
앞으로 어떻게 학교를 다닐 것이며,
친구가 투신을 했는데도
신경 끄고 시험을 봐야 하는 아이들은
앞으로 어떤 어른이 될 것인가?

예민하고 여린 아이들은 시험을 망칠 것이고,
다소 둔하고 남의 일에 관심 없는 아이들에겐
내신 따라잡기의 기회가 될 것이다.
완벽하게 이 사회의 축소판이다.

아마도 방송을 시킨 교사와 시키는 대로 방송을 한 교사는
자신들의 행동이 '폭력'이라는 것을
미처, 인지하지 못했을 것이다.

고통은 비교해서는 안 되는 것

"슬럼프에 빠지면 아비규환의 응급실에 가보라.
건강하게 살아 있다는 사실만으로 감사하게 된다."

예전에 유행하던 자기계발서를 읽다가
이 부분에서 집어던져버렸다.
이 책을 쓴 저자는 무기력함에 빠질 때면
새벽시장이나 응급실에 간다고 했다.
새벽시장'이나' 응급실이라…….

생각했다.
사이코패스가 아니라면 어떻게 이런 글을 쓸 수 있을까?
아니면 타인의 고통을 지켜보며
내 인생은 괜찮다고 위안하는 관음증 환자?

타인의 고통을 목격하면
손을 내밀어 도와주지는 못하더라도
최소한 고통을 느껴야 한다.
나보다 못한 처지의 사람을 보면
그래도 내가 이 사람보다는 낫구나, 하며
위안을 느낄 게 아니라
돕거나 나누지는 못하더라도 연민을 느껴야 한다.
최소한 그 앞에서 흥청거리지는 말아야 한다.

나보다 더 심하게 매 맞는 사람이 있다면
그래도 내가 낫구나, 하며 참을 게 아니라
서로를 지켜줘야 한다.
연대해서 폭력을 막아야 한다.

오늘도 어디선가,
나보다 더 고통받는 사람들이 많으니
오늘도 힘을 내서 살아보자는
쓰레기 같은 글을 봤다.

고통은 비교해서는 안 되는 대상이다.
그리고 타인의 고통으로 스스로를 위로하는 것은
말할 수 없이 비열한 짓이다.

마음만은 늘 따뜻하시기를

JFK Airport

"축복합니다."

며칠 전, 운전하다가
저도 모르게 혼잣말을 했습니다.

'옷수선'이라고 한글로 씌어 있는
작은 수선집을 지나갈 때였습니다.
자주 다니던 길인데,
떠날 때가 되어서야 그 가게가 눈에 들어왔습니다.

그 작은 가게에서
미싱 앞에 허리를 곧게 펴고 앉아 있을
낯모르는 교포 어르신의 모습이 떠올랐습니다.
순간 뭔가 뭉클하고 짠한 마음.
코끝이 찡긋.

저는 오늘 미국을 떠납니다.
귀국하는 게 기쁘기도 하지만,
또 다른 작별들에 마음이 많이 아픕니다.

떠나는 사람은 늘 정신이 없습니다.
어제는 하루종일 짐을 쌌는데,

빠진 게 있는지는 가서 풀어봐야 알 것 같습니다.
즉, 일일이 인사를 못 드리고 간다는 핑계입니다.

지난 몇 달간 정말 많은 분들의 도움을 받았고
가슴 깊이, 감사함을 느낍니다.

늘 건강하시고,
페이먼트하고 돌아서면 바로 또 페이먼트 돌아오는
녹록지 않은 미국 생활이지만
마음만은 늘 따뜻하고 평온하시기를.

축복합니다.

_ 2014. 12. 7. 미국을 떠나는 길목에서

6장 제주,
일상에서 벗어난 일상

대화 #6 제주, 가파도

해녀(가파도 해녀촌 식당 주인) : 크지? 이게 홍해삼이야.

수선 : 와~ 진짜 크다!

홍해삼 안 썬 거 처음 봐요. 이렇게 커요?

해녀 : 최상품이야. 색깔 봐봐.

수선 : 와~ 이런 거 서울 일식집에서 먹으면 진짜 비싸겠어요.

해녀 : 이렇게 좋은 거 거기까지 들어가지도 않아.

썰어줄 테니까 먹어봐.

수선 : 우아~ 감사합니다.

해녀 : (쓰~윽 놀리는 미소) 결혼하면 말해.

신랑한테 먹이게 보내줄게.

수선 : (슈렉의 고양이 표정) 언제까지 유효해요?

해녀 : 홍해삼 잘 잡힐 때 빨리 해.

남자도 잘 잡힐 때.

수선 : 네, 이모!

가파도 해녀의 눈물

"스물다섯 살이라는 늦은 나이에 물질을 시작했어요.
처음 물질을 했을 때, 죽을힘을 다해 열심히 했는데
고작 작은 오분자기 두 개밖에 못 잡았어요.
텅 빈 망사리를 메고 잔뜩 기가 죽어서 나왔죠.
그런데 고참 해녀들이 저한테
자기가 잡은 걸 하나씩 나눠줬어요.
문어 한 마리, 전복 하나, 소라 하나……
그렇게 제 망사리를 가득 채워줬어요.
그렇게 도와주신 덕분에 제가 큰 잠수부가 될 수 있었지요."

가파도에서 만난 해녀 이모의 말씀.
듣다가…… 눈물이 핑, 돌았다.
해녀 이모도 말씀하시다가 감정이 북받치는지
살짝 눈물이 글썽, 했다.

강한 자매애를 지닌 해녀들은 서로 돕는다고 한다.
신참이나 할망할머니 해녀들이 못 잡으면
동료들이 하나씩 나눠줘서 망사리를 가득 채워준다고.
(물론 어떤 조직이나 그렇듯이, 그렇지 않은 욕심쟁이들도 간혹 있단다.)

신참이나 물눈이 어두운 해녀들이
건질 거 없는 데서 버벅거리고 있으면

많이 잡히는 데를 알려주고,
물살 잔잔하고 안전한 곳은 할망들에게 양보한다고.

그날그날 용왕님이 주시는 만큼만 감사하게 받아야지,
욕심을 내면 죽을 수도 있다고.
해녀 이모도 물에 떠오르기 직전 아주 큰 전복을 발견하고
하나 더 잡으려다 죽을 뻔한 경험이 있다고 했다.

아, 듣는 내내 감동, 탄복, 경탄하면서도
한편으로 너무……
부끄럽고 또 부끄러웠다.

모두가 자기 밥통 지키기에 급급한 이 매몰찬 세상에서,
잘되면 내 덕, 못되면 남 탓인 이 비열한 세상에서,
나보다 잘난 후배가 있으면 싹수를 잘라버리는
이 야비한 세상에서……
멸종위기의 해녀들은 서로서로 보듬어가며 돕고 있는 것이다.

"해녀들 사이에는 이런 말이 있어요.
바다가 어멍집보다 더 좋다고.
친정집 자꾸 가봐야 잔소리밖에 더 들어요?
바다는 말없이 위로해줘요."

배 시간 때문에 헤어지기 직전,
해녀 이모는 나의 튼실한 허벅지를 탁, 치며 말씀하셨다.

"우리 직업은 정년퇴직이 없어요.
높은 사람 눈치 볼 필요도 없고, 게다가 남자도 필요 없어요!"

아, 저 이제는…… 물질을 배우기엔 너무 늦었겠죠?
물질을 못하니…… 남자는 하나 있어야겠어요.

가파도와 청담동 사이

오늘 약속이 있어서 청담동에 갔다.
루이뷔통 매장 뒤편 카페들은
제주도 해변들보다 노출이 심한 언니들로 가득했다.

더 이상 편할 수 없는 복장으로 제주에 있다가
나름 차려입고 킬힐을 신고 청담동에 가니
뭔가 매우 육중하고 뚱뚱한 애랑 시소를 타는 거 같은 불균형,
또는 유리컵에 살짝 금이 간 것 같은 균열이 느껴졌다.

가파도의 인구는 130여 명.
그중에 내가 만난 두 남매가 있다.

아이들은 가파도 분교에 다닌다.
학생 7명, 교장을 포함한 교사 5명.
학생이 몇 명만 줄어도 언제든지 폐교될 수 있다.

세상의 모든 아이들이 그렇듯이,
가파도의 아이들도 천사 같다.

가파도의 아이들은 다닐 학원이 없다.
그래서 파도소리를 들으며 실컷 뛰어놀 수 있다.
하지만 육지로,

아니 제주도 내 초등학교로라도 전학을 간다면
공부를 따라갈 수 있을까?

도시에서는 이제 갓 돌이 지난 영유아들이
매일같이 영어동화를 들으며
할아버지, 할머니, 외할아버지, 외할머니,
아빠, 엄마, 이모의 비호 아래
온갖 선제적인 영재수업을 받고 있는데!

가파도에서 오랜만에 어린이들이랑 노니
뭘 해야 될지 몰라서
8월 한낮의 찜통더위 속에서
2인 1조(어른 1명, 아이 1명)로 손을 잡고
100미터 달리기를 했다.

재미로 하는 일에도 목숨 거는 좋지 않은 성격상
난 아이의 손을 잡고 헐떡이며 달렸다.

"더 빨리, 더 빨리!"

결승점에 도착했을 때 아이가 말했다.
"언니, 한쪽 신발이 벗겨졌어요."

아이는 그 뜨거운 땅을 맨발로 딛고 달렸던 것이다.
신발을 찾으러 왔던 길을 되돌아갔더니
거의 출발점에 작은 신발 한 짝이 떨어져 있었다.

"왜 진작 말 안 했어?"
"언니가 더 빨리! 더 빨리! 해서요."

너무 미안해서 차마 미안하다는 말도 못했다.
조금씩, 천천히 갈 필요가 있다, 분명히.

제주에서 순대의 위치

"아, 이럴 줄 알았으면 어제 더 마실 걸 그랬어."
"그러게요. 국물 진짜 시원하네요."

제주 보성시장 안 허름한 상가 1층에 있는
순대의 지존, 감초식당에서 나눈
나와 후배의 대화.

이 집의 순댓국이 '개맛있다(제주 출신 후배의 표현)'는
제보를 듣고
이 더운 여름에 뜨거운 순댓국을 먹으러 갔는데
명불허전, 정말 맛있었다.

제주 순대의 특징인지
이 집 순대의 특징인지는 모르겠지만,
일단 순대 속이 화끈하게 푸짐하고 쫄깃한 데다,
순댓국에는 배추와 콩나물이 들어 있어 매우 개운했다.

게다가 파격적으로 싸다.
순댓국밥은 5,000원,
모둠순대+술국은 1만 원.

옆 테이블에서는 제주도민 어르신들이

모둠순대를 안주로 화통하게 낮술을 들고 계셨다.

벽에는 이런 문구도 붙어 있다.
(생각나는 대로 요약하자면)
'왜 관광객들은 제주에 와서 몇만 원씩이나 하는
갈치조림이나 값비싼 회를 먹어야 하는가?
일상적인 음식을 먹어라!'

이런 글귀도 붙어 있다.
'전라도에서는 홍어가 빠지면 잔치가 안 되듯
제주에서는 순대가 그런 격.'

아, 누가 썼는지 정말 대단한 카피라이터가 아닐 수 없다.
글을 잘 써서라기보다는 내 고향 음식에 대한
자부심과 자긍심에서 나온 말이기 때문이다.

또한 이 집 벽에는 허영만의 『식객』 73화 「순대」 편이
통째로 붙어 있다.
바로 이 집, 감초식당이 소개되었기 때문이다.

부끄럽지만 고백하건대
난 그 유명한 허영만의 『식객』을 이날,

이 집 벽에서 처음 봤다.
그리고 너무나 충격을 받았다.
보성시장 입구에서부터 시작해
상가 입구, 이 식당의 구조, 주인 할머니의 생김새까지
모든 게 너무나 생생했다.

게다가 경탄스러운 이야기 전개와 재미, 쏠쏠한 감동,
독자들의 지적 충족감을 위해 정리해주는
엄청난 양의 정보와 지식들…….
(순대의 유래에서부터 종류, 지역별 특징, 제조 과정 등.)

아, 어떻게 이렇게 위대한 만화를
여태껏 한 번도 안 볼 수 있었을까?
일본만화 『심야식당』, 『술 한잔 인생 한입』 전권을
교보에서 정가로 사서 본 나로선
부끄럽지 않을 수 없다.

그래서…… 일단 『식객』을 몇 권 샀다.

가파도 민박집의 아이

"누나, 낚시할 줄 알아요?"
"아니, 어떻게 하는 건데?"
"여기에 미끼를 끼워서요, 힘껏 던지는 거예요."
"우아, 똑똑하네!"
"똑똑한 게 아니라 해본 거예요."

가파도 민박집 마당에 커다란 낚싯대가 있었다.
마당에서 뛰어놀던 일곱 살짜리 아이가
까맣게 탄 손가락으로 낚싯대를 가리키며
낚시할 줄 아느냐고 물었고,
모른다는 대답에 어깨를 으쓱하며
신이 나서 낚시하는 법을 설명했다.

난 솔직히 건성으로 대답했다.
체감온도 40도를 육박하는 더위 속에 차 타고 배 타고
낮술까지 한잔 했더니 너무 피곤했다.
매너리즘에 빠진 영업사원의
진부한 립서비스와 다를 바 없는
어린이용 접대성 멘트.
"우아, 똑똑하네!"

그러자 아이는, 도무지 이해가 안 된다는 표정으로

나를 빤히 쳐다보며 또.박.또.박. 말했다.
"똑똑한 게 아니라 해본 거예요."

그 촌철살인의 한마디에 난 너무나 놀라고 부끄러워서
한동안 멍하니 서 있었다.
"임금님은 벌거숭이!"라고 외쳤던 아이처럼,
아이들은 진실을 말한다.
아첨과 아부, 립서비스와 빈말을 바라지도 좋아하지도 않는다.
"똑똑한 게 아니라 해본 거예요"라는 말은
'겸손'이 아니라 오직 '사실'일 뿐.

오늘 누군가와 의례적이고 격식 차린 멘트들을
주거니 받거니 하면서 그 아이가 생각났다.
나도 그렇게 말하고 싶었다.

"똑똑한 게 아니라 해본 거예요."

가장 시든 야채를 사는 친구

절친 No.1 지희

누군가 내게 가장 친한 친구가 누군지 묻는다면
난 단 1초의 망설임도 없이 대답할 수 있다.
그녀의 이름은 김지희.

2005년, 지희와 나는 같은 회사 같은 팀 선후배로 만났다.
아침에 회사 가기 싫은 날이면 지희를 생각했다.
아! 빨리 일어나서 출근하자! 지희랑 커피 마셔야지!

2012년, 지희는 회사를 그만두고 제주로 내려갔다.
'대기업'이라는 규칙적이고 안정적인 삶의 기반을
과감히 박차고 나가 사업을 시작했다.
그것도 제주에서.

아무런 지연도 연고도 없었다.
그저 제주가 좋아서 제주로 갔고,
그곳에서 어린이영어학원을 차렸다.

많은 사람들이 지희의 선택을 걱정하거나,
회의적인 태도를 보였다.

"제주 사람들이 얼마나 배타적인지 알아?
궨당이라는 말 못 들어봤어?

뜨내기들은 제주에서 돈 쓰는 거 외에는 아무것도 못해."
"누가 서울내기한테 애들을 보내겠어?
제주도민이 하는 학원도 많은데."
"어렵게 들어온 회사 그냥 다니지.
너무 모험하는 거 아냐?"

그 모든 말들이 무색하게
지희는 성공적으로 해내고 있다.
'클라라'라는 영어 이름으로 열정적으로 아이들을 가르친다.
내가 지희가 보고 싶어 아침 일찍 출근했듯이,
클라라 선생님이 보고 싶어서 온 어린이들이
학원을 가득 채우고 있다.

지희가 제주로 떠난 후,
지희를 만나기 위해 나도 제주에 자주 내려가게 되었다.
한번은 지희와 함께 오일장에 갔다.
(지희는 대형 마트 대신 오일장에서 장을 본다.)

장에는 마트 수준으로 각종 야채들을
대량으로 진열해놓은 좌판들이 많았는데,
지희는 그 많은 대형 좌판을 다 지나치더니
제일 작고 제일 사람 없고

야채도 다른 데보다 살짝 시들해 보이는
허름한 좌판 앞에 섰다.
자주 왔는지 먼저 주인 부부와 인사를 나눴다.

남자는 뇌성마비가 있는지
어렵게 고개를 움직이며 어눌하게 말을 했고,
그의 아내는 아예 말을 못하고 수화를 했다.
갖다놓은 야채도 몇 종류 없었는데,
지희는 이것저것 조금씩 달라고 해서 까만 비닐에 담았다.
주인 부부는 반가워하며 뭔가를 계속 말했는데,
알아듣기가 어려웠다.
뭔가 울컥, 했다.

장에서 나오는 길에 지희에게 물었다.
"지희야, 아까 거기 다른 데보다 비싸고 물건도 안 좋던데
왜 거기서 사?"

지희는 무심한 표정으로 말했다.
"다른 데는 장사 잘되잖아요.
글구 아까 거기 야채가 다른 데보다 안 좋아 보이는 게
물을 안 뿌려놔서 그래요.
큰 가게는 계속 분무기로 물 뿌리거든요.

게다가 더 좋은 야채를 사서 내일 먹는 거보다
좀 못한 야채를 사서 오늘 먹는 게 훨씬 신선해요."

내가 그녀를 사랑하지 않을 수 없는 이유다.

다 가질 수는 없다

"이어도가 어디야?"
"이어도는 제주 사람들이 꿈꿨던 유토피아야.
궁핍하고 갑갑한 삶 속에서 저 멀리 꿈꾸었던 섬."

두모악 김영갑갤러리에 처음 갔을 때,
'이어도를 훔쳐본 작가 김영갑'이라는 문구를 보고
난 아무 생각 없이 이어도가 어디냐고 물었다.
제주와 사랑에 빠지기 전까지 난 그만큼 제주에 대해 무지했다.

김영갑의 사진들은 처연할 만큼 아름다웠다.
사진을 잘 모르지만
사진 한 장 한 장에 혼이 들어 있는 거 같았다.
그 후 김영갑 선생의 산문집 『그 섬에 내가 있었네』를 읽었다.
루게릭병으로 삶을 다하기까지
그는 사진가로서의 인생 전부를
오롯이 제주에 바쳤다.

평생을 혼인하지 않고 혼자 살았고,
필름을 사기 위해 막노동까지 하고,
툭하면 굶는 궁핍한 삶 속에서도
상업적인 사진은 일절 찍지 않았고,
인적을 찾기 힘든 중산간지역에 움막을 지어 살고,

사진 한 컷을 찍기 위해 몇 나절을 기다리고 또 기다렸으며,
제주의 바람을 이해하기 위해
아무도 없는 추석 연휴의 마라도를 찾아
홀로 태풍을 맞았다.

마루야마 겐지의 「소설가의 각오」에 비할 수 없는
타협 없는 예술가의 결기와 소명의식,
치열함이 느껴졌다.

또한 '다 가질 수는 없다'는 당연한 이치를
먹이를 되새김질하는 소처럼 되새겼다.

모든 일에는 '기회비용'이 있다.
누구도 다 가질 수는 없는 것이다.

독일어로 '결정하다'는 뜻의 동사는 'entscheiden'이다.
여기서 접두사 'ent'는 '잘라내다'는 뜻이다.
뭔가를 얻기 위해서는 다른 뭔가를 미련 없이
싹둑, 잘라내야 한다.

나는
무엇을 버려야 하는가?

제주에도 먼지가 쌓인다

"인생을 살아간다는 건
끊임없이 쌓이는 먼지를 닦아내는 일이야.
죽음이란 게 별게 아니라
그저 먼지가 쌓이는 것과 같은 일일 뿐."

사형 집행일이 얼마 남지 않은 사형수가
끊임없이 먼지를 닦아내면서 하는 말.
단언컨대, 천명관 『고래』의 최고 대사!

먼지가 쌓이지 않고,
머리카락이 빠지지 않고,
쓰레기가 늘어나지 않는 삶이란…… 없다.
일상이란…… 그렇게 질기고 번잡한 거니까.

어디로 훌쩍, 떠나건
그곳에도 새로운 '일상'이 기다리고 있다.
그러니까 요즘 유행하는 '제주 이민'도 마찬가지.

많은 사람들이
지옥 같은, 지긋지긋한, 지리멸렬한 도시생활을 접고
그림 같은 제주로 떠난다.
사표와 이런 출사표를 동시에 던지며.

"한 번 사는 인생! 아등바등하지 않고 여유 있는 삶을 살 테야.
전망 좋은 바닷가에서 카페(또는 게스트하우스)를 하면서
바다와 햇살과 바람을 즐겨야지.
돈에 얽매이지 않고 한 번뿐인 인생을 널널하고 즐겁게!"

그런데……
그림 같은 제주도 끊임없이 먼지가 쌓이는 곳이다.
세금도 내야 하고, 연세도 내야 하고,
대출이자도 갚아야 하고……
카드 연체되면 독촉전화도 오고,
법원으로 출두하라는 보이스피싱 전화도 오는 곳이다.
도시와 다를 바 없이.

이번 제주 여행에서
더위가 아닌 일상에 절어 있는 '제주 이민자'를
여럿 만났다.

세계 굴지의 IT회사를 그만두고
제주에서 게스트하우스를 하는 한 지인은
침대 시트를 세탁하고 수건을 빨고
청소기를 돌리고 또 돌리느라……
서울에 있을 때보다 파김치가 되어 있었다.

제주로 떠나면서
방랑자처럼 제주를 유랑하겠다고 노란색 미니쿠퍼랑
거의 모든 남자들의 로망인 할리를 한 대 샀는데,
쿠퍼랑 할리를 타고 제주를 달리는 대신……
그는 쿠퍼와 할리를 얌전히 세워둔 주차장에 일렬로 앉아
더위와 청소에 절어 담배를 피우고 있었다.

아, 호락호락하지 않은 인생이여!
지긋지긋한 일상의 도돌이표가 면제된 꿈과 낭만의 섬은
어디에도…… 없는 것이다.

제주에도 먼지가 쌓인다.